U0084817

原本是無心插柳的小品，
對象是小讀者，
想不到發表之後，
卻影響到國內外
千千萬萬的……
小讀者與大讀者……

寄小讀者

冰心 著

自序

假如文學的創作，是由於不可遏抑的靈感，則我的作品之中，只有這一本是最自由、最不思索的了。

這書中的對象，是我摯愛恩慈的母親。她是最初也是最後我所戀慕的一個人，我提筆的時候，總有她的顰眉或笑臉湧現在我的眼前。她的愛，使我由生中求死——要擔負別人的痛苦，使我由死中求生——要忘記自己的痛苦。

生命中的經驗漸漸加增，我也漸漸的擷到了生命花叢中的尖刺。在一切軀殼和靈魂的美麗芬芳的誘惑之中，我受盡了情感的顛簸；而「到底為誰活著？」的觀念，也日益明瞭……

感謝上帝，在我最初一靈不昧的入世之日，已予我以心靈永久的皈依和寄託——

我無有話說，人生就是人生！母親賦與了我以靈魂和肉體，我就以我的靈肉來探索人生。以往的試驗、探索的結果，使我完成了這本《寄小讀者》的書。而這書中有幼稚的歡樂，也有天真的眼淚！

年來筆下消沉多了，然而我覺得那抒寫的情緒，總是不絕如縷，乙乙欲抽——記得一九二四年的初春，在沙穰青山的病榻上，背倚著樓欄凝望；正是山雨欲來的時候，溼風四起，風片中挾帶著新草的濃香。黑雲飛聚，壓蓋得樓前的層山疊嶂，浮起了艷艷的綠光。天容如墨，而如墨的雲隙中，萬縷霞光，燦穿四射，影滿大地！我那時神悚目奪，瞿然驚悦，我在預覺著這場風雨後芳馨濃郁的春光！

小朋友！朗潤園池中春冰己泮，而我懷仍結！在這如結久蘊的情懷之後，我似乎也覺著筆下來歸的隱隱的春光。我在牆頭小山上徐步，土溼如膏，西望玉泉山上的塔，和萬壽山上的佛香閣、排雲殿等等，都隱在濃霧之中，而濃霧卻遮不住那叢樹枝頭　黃的生意，春天來了！

小朋友，冰心應許你在這一春中，再報告你們些幼稚的歡樂、天真的眼淚，雖然她也怕在生命花刺漸漸握滿之後，歡笑不成、眼淚不落……

小朋友，記取，春天來了！

冰心 于潤園

一九二七·三·二〇

1

似曾相識的小朋友們：

我以抱病又將遠行之身，此三兩月內，自分已和文字絕緣；因爲昨天看見〈晨報副刊〉上已特闢了「兒童世界」一欄，欣喜之下，便藉著軟弱的手腕，生疏的筆墨，來和可愛的小朋友，作第一次的通訊。

在這開宗明義的第一信裏，請你們容許我在你們面前介紹我自己。我是你們天眞隊伍裏的一個落伍者——然而有一件事，是我常常用以自傲的：就是我從前也曾是一個小孩子，現在還有時仍是一個小孩子。

爲著要保守這一點天眞，直到我轉入另一世界時爲止，我懇切的希望你們幫助我、提攜我。我自己也要永遠勉勵著，做你們一個最熱情、最忠實的朋友！

小朋友，我要走到很遠的地方去。我十分的喜歡有這次的遠行，因爲或者可以從旅行中多得材料，以後的通訊裏，能告訴你們些略爲新奇的事情——我去的地方，是在地球的那一邊。

我有三個弟弟，最小的十三歲了。他念過地理，知道地球是圓的。他開玩笑的和我說：「姊姊，妳走了，我們想妳的時候，可以拿一根很長的竹竿子，從我們的院子裏，直穿到對面你們的院子去，穿成一個孔穴。我們從那孔穴裏，可以彼此看見。我看看妳別後是否胖了，或是瘦了。」小朋友想這是可能的事情麼？

我又有一個小朋友，今年四歲了。

他有一天問我說：「姑姑，妳去的地方，是比前門還遠麼？」小朋友看是地球的那一邊遠呢？還是前門遠呢？

我走了——要離開父母、兄弟，一切親愛的人。雖然是時期很短，我也覺得很難過。

倘若你們在風晨雨夕，在父親、母親的膝下懷前，姊姊、兄弟的行間隊裏，快樂甜柔的時光之中；能聯想到海外萬里有一個熱情忠實的朋友，獨在惱人淒清的天

氣中，不能享得這般濃福；則你們一瞥時的天眞的憐念，從宇宙之靈中，已遙遙的賦與我以極大無量的快樂與安慰！

小朋友，但凡我有工夫，一定不使這通訊有長期間的間斷。若是間斷的時候長了些，也請你們饒恕我。因爲我若不是在童心來復的一剎那頃拿起筆來，我決不敢以成人煩雜之心，來寫這通訊。這一層是要請你們體恤憐憫的。

這信該收束了，我心中莫可名狀，我覺得非常的榮幸！

冰心　七、廿五・一九二三

通訊 2

小朋友們：

我極不願在第二次的通訊裏，便劈頭告訴你們一件傷心的事情。然而這件事，從去年起，使我的靈魂受了隱痛，直到現在，不容我不在純潔的小朋友面前懺悔。

去年一個春夜——很清閒的一月，已過了九點鐘了。弟弟們都已去睡覺，只有我的父親和母親對坐在圓桌旁邊，看書、喫果點、談話。我自己也拿著一本書，倚在椅背上站著看，那時一切都很和柔、很安靜的。

一隻小鼠，悄悄從桌子底下出來，慢慢的喫著地上的餅屑。這鼠小得很。他無猜的、坦然的，一邊喫著、一邊抬頭看看我——我驚悅的喚起來，母親和父親都向下注視了。四面眼光之中，他仍是怡然的不走。燈影下照見他很小很小，淺灰色的

嫩毛，靈便的小身體，一隻閃爍的明亮的小眼睛。

小朋友們，請容我懺悔！一剎那頃我神經錯亂的俯將下去，拿著手裏的書，輕輕的將他蓋上——上帝！他竟然不走。隔著書頁，我覺得他柔軟的小身體，無抵抗的蜷伏在地上。

這完全出於我意料之外了！我按著他的手，方在微顫——母親已連忙說：「何苦來！這麼馴良有趣的一個小活物……」話猶未了，小狗虎兒從簾外跳將進來，父親也連忙說：「快放手，虎兒要得著他了！」

我又神經錯亂的拿起書來。可恨啊！他仍是怡然的不動——一聲喜悅的微吼，虎兒已撲著他。不容我喚住，已銜著他從簾隙裏又鑽了出去，出到門外，只聽得他在虎兒口裏，微弱淒苦的啾啾的叫了幾聲，此後便沒有聲音——前後不到一分鐘，這溫柔的小活物，使我心上颼的著了一箭！

我從驚惶中吁了一口氣。母親也慢慢放下手裏的書，抬頭看著我說：「我看他實在小得很，無機得很。否則一定跑了。初次出來覓食，不見回來，他母親在窩裏，不定怎樣的想望呢？」

小朋友，我墮落了，我實在墮落了！我若是和你們一般年紀的時候，聽得這話，一定要慢慢挪過去，突然的撲在母親懷中痛哭。然而我那時……小朋友們恕我！我只裝作不介意的笑了一笑。

休息的時候到了，我回到臥室裏去。勉強的笑，增加了我的罪孽。我徘徊了半天，心裏不知怎樣纔好——我沒有換衣服，只倚在床沿，伏在枕上。在這種狀態之下，靜默了有十五分鐘——我至終流下淚來。

至今已是一年多了。

有時讀書至夜深，再看見有鼠子出來，我總覺得憂愧，幾乎要逃開。我總想是那隻小鼠的母親，含著傷心之淚，夜夜出來找他，要帶他回去。

不但這個，看見虎兒時想起，夜坐時也想起，這印象在我心中時時作痛。

有一次，禁受不住，便對一個成人的朋友，說了出來；我拼著受她一場責備，好減除我些痛苦。不想她卻失笑著說：「妳眞是越來越孩子氣了，針尖大的事，也值得說說！」

她漠然的笑容，竟將我以下的話，攔了回去。從那時起，我灰心絕望，我沒有向第二個成人，再提起這針尖大的事！

我小時曾爲一頭折足的蟋蟀流淚、爲一隻受傷的黃雀嗚咽：我小時明白一切生命，在造物者眼中是一般大小的；我小時未曾做過不仁愛的事情，但如今墮落了……

今天都在你面前陳訴承認了，嚴正的小朋友，請你們裁判罷！

冰心　七、二八．一九二三．北京

通訊 3

親愛的小朋友：

昨天下午離開了家，我如同入夢一般。車轉過街角的時候，我回頭凝望著——除非是再看見這綠滿豆葉的棚下的一切親愛的人，我這夢是不能醒的了！

送我的盡是小孩子——從家裏出來，同車的也是小孩子，車前車後也是小孩子，我深深覺得悽惻中的光榮。冰心何福，得這些小孩子天真純潔的愛，消受這甚深而不牽累的離情。

火車還沒有開行。小弟弟冰季別到臨頭，纔知道難過，不住的牽著冰叔的衣袖，說：「哥哥，我們回去罷。」他酸淚盈眸，遠遠站著。我叫他過來，捧住了他的臉，我又無力的放下手來，他們便走了——我們至終沒有一句話。

慢慢的，火車出了站，一邊城牆、一邊楊柳，從我眼前飛過。我心沈沈如死，倒覺得廓然；便拿起《國語文學史》來看，剛翻到「卿雲爛兮」一段，忽然看見書頁上的空白寫著幾個大字：「別忘了小小。」

我的心忽然一酸，連忙抛了書，走到對面的椅子上坐下——這是冰季的筆跡呵！小弟弟，如何還困弄我於別離之後！

夜中只是睡不穩。幾次坐起。開起窗來，只有模糊的半圓的月，照著深黑無際的田野。——車只風馳電掣的，輪聲軋軋裏，奔向著無限的前途。明月和我，一步一步的離家遠去了！

今早過濟南，我五時便起來，對窗整髮。外望遠山連綿不斷，都沒在朝靄裏，淡到欲無。只淺藍色的山峰一線，橫互天空。山坳裏人家的炊煙，濛濛的屯在谷中，如同雲起。朝陽極光明的照臨在無邊的整齊青綠的田畦上。

我梳洗畢憑窗站了半點鐘，在這莊嚴偉大的環境中，我只能默然低頭，讚美萬能智慧的造物者。

過泰安府以後，朝露還寒。各站臺都在濃陰之中，最有古趣、最清幽。到此我

纔下車稍稍散步，遠望泰山，悠然神往。默誦「高山仰止，景行行止，雖不能至，心嚮往之」四句，反覆了好幾遍。

自此以後，站臺上時聞皮靴拖踏聲、刀槍相觸聲，又見黃衣、灰衣的兵丁，成隊的來往梭巡。

我忽然憶起臨城劫車的事，知道快到抱犢崮了，我切願一見，我切願一見！我這時心中只憧憬著梁山泊好漢的生活，武松、林沖、魯智深的生活。我不是羨慕什麼分金閣、剝皮亭，我羨慕那種激越豪放、大刀闊斧的胸襟！

因此我走出去，問那站在兩車掛接處荷槍帶彈的兵丁。他說快到臨城了，抱犢崮遠在遠十里外，車上是看不見的。他說話極溫和，說的是純正山東話。我如同遠客聽到鄉音一般，起了無名的喜悅——山東是我靈魂上的故鄉，我只喜歡忠懇的山東人，聽那生怯的山東話。

一站一站的近江南了，我旅行的快樂，已經開始。這次我特意定的自己一間房子，為的要自由一些、安靜一些，好寫些通訊。我靠在長枕上，近窗坐著。向陽那邊的窗簾，都嚴嚴的掩上。對面一邊，為要看風景，便開了一半。涼風徐來，這房

裏寂靜幽陰已極。除了單調的輪聲以外，與我家中的書室無異。窗內雖然沒有滿架的書，而窗外卻旋轉著偉大的自然。筆在手裏，句在心裏，只要我不按鈴，便沒有人進來攪我。

龔定菴有句云：「……都道西湖清怨極，誰分這般濃福……」

今早這樣恬靜喜悅的心境，是我所夢想不到的，書此不但自慰，並以慰弟弟和紀念我的小朋友。

冰心　八、四・一九二三・津浦道中

通訊 4

小朋友：

好容易到了臨城站，我走出車外。只看見一大隊兵，打著紅旗，上面寫著「……第二營……」又放炮仗，又吹喇叭；此外站外只是遠山田隴，更沒有什麼。我很失望，我竟不曾看見一個穿夜行衣服、帶鏢背劍、來去如飛的人。

自此以南，浮雲蔽日。軌道旁時有小湫。也有小孩子，在水裏洗澡遊戲。更有小女兒，戴著大紅花，坐在水邊樹底作活計，那低頭穿線的情景，煞是溫柔可愛。

過南宿州玉蚌埠，軌道兩旁，雨水成湖，湖上時有小舟來往。無際的微波，映著落日，那景物美到不可描畫——自此人民的口音，漸漸的覺得心怯，也不知道爲

什麼。

過金陵正是夜間，上下車之時，只見隔江燈火燦然。我只想像著城內的秦淮莫愁，而我所能看見的，只是長橋下微擊船舷的黃波浪。

五日絕早過蘇州。兩夜失眠，煩困已極，而窗外風景，浸入我倦乏的心中，使我悠然如醉。江水伸入田隴，遠遠幾架水車，一簇一簇的茅亭農舍，樹圍水繞，自成一村。水漾輕波，樹枝低亞。當村兒農婦挑著擔兒，荷著鋤兒，從那邊走過之時，眞不知是詩是畫！

有時遠見大江，江帆點點，在曉日之下，清極秀極。我素嘉北方風物，至此也不得不傾倒於江南之雅澹溫柔。

晨七時半到了上海，又有小孩子來接，一聲「姑姑」，予我以無限的歡喜——到此已經四、五天了，休息之後，俗事又忙個不了。

今夜夜涼如水，燈下只有我自己。在此靜夜極難得，許多姊妹兄弟，知道我來，多在夜間來找我乘涼閒話。

我三次拿起筆來，都因門環響中止。憑欄下視，又是哥哥、姊姊來看望我的。

我慰悅而又惆悵，因爲三次延擱了我所樂意寫的通訊。

這只是沿途的經歷，感想還多，不願在忙中寫過，以後再說。

夜深了，容我說晚安罷！

冰心　八、九・一九二三・上海

通訊 5

小朋友：

早晨五時起來，趁著人靜，我清明在躬之時，來寫幾個字。

這次過蚌埠，有母女二人上車，茶房直引她們到我屋裏來。她們帶著好幾個提籃，內中一個滿圈著小雞。那時車中熱極，小雞都紛紛的伸出頭來喘氣，那個女兒不住的又將他們按下去。她手腳匆忙，好似彈琴一般。那女兒二十上下年紀，穿著一套麻紗的衣服，一臉的麻子，又滿撲著粉，頭上手上戴滿了簪子、耳珥、戒指、鐲子之類，說話時善能作態。

我那時也不知是因爲天熱，心中煩燥，還有什麼別的緣故，只覺得那女孩兒太不可愛。我沒有同她招呼，只望著窗外，一回頭正見她們談著話。那女孩兒不住撒

嬌撒癡的要湯要水；她母親穿一套青色香雲紗的衣服，五十歲上下，面目靄然；和她談話的態度，又似愛憐，又似斥責。我旁觀忽然心裏難過，趁有她們在屋，便走了出去——小朋友！我想起我的母親，不覺凴在甬道的窗邊，臨風偷灑了幾點酸淚。

請容我傾吐，我信世界上只有你們不笑話我！我自從去年得有遠行的消息以後，我背著母親，天天數著日子。日子一天一天的過了，我也漸漸的瘦了。大人們常常安慰我說：「不要緊的，這是好事！」我何嘗不知道是好事！叫我說起來，恐怕比他們說的還動聽。然而我終竟是個弱者，弱者中最弱的一個。我時常暗恨我自己！

臨行之前，到姨母家裏去，姨母一面張羅我就坐、喫茶，一面笑問：「妳走了，捨得母親麼？」我也從容的笑說：「那沒有什麼，日子又短，那邊還有人照應。」——等到姨母出去，小表妹忽然走到我面前，兩手按在我的膝上，仰著臉說：「姊姊，是麼？妳真捨得母親麼？」我那時忽然禁制不住，看著她那智慧誠摯的臉，眼淚直奔湧了出來。我好似要墮下深崖，求她牽援一般，我緊握著她的小手，低聲說：「不瞞妳說，妹妹，我捨不得母親、捨不得一切親愛的人！」

小朋友！大人們眞是可欽羨慕的，他們的眼淚是輕易不落下來的。他們又勇敢、又大方。在我極難過的時候，我的父親、母親，還能從容不動的勸我。雖不知背地裏如何，那時總算體恤、堅忍，我感激至於無地！

我雖是弱者，我還有我自己的傲岸！我還不肯在不相干的大人前，披露我的弱點。行前和一切師長朋友的談話，總是喜笑著說的。

我不願以我的至情，來受他們的譏笑。然而我卻願以此在上帝和小朋友面前，乞得幾點神聖的同情的眼淚！

窗外是斜風細雨，寫到這時，我已經把持不住。同情的小朋友，再談罷！

冰心　八、十二・一九二三・上海

通訊 6

小朋友：

你們讀到這封信時，我已離開了可愛的海棠葉形的祖國，在太平洋舟中了。我含日心厭淒戀的言，再不說什麼話，來撩亂你們簡單的意緒。

小朋友，我有一個建議：「兒童世界」欄，是爲兒童闢的，原當是兒童寫給兒童看的。我們正不妨得寸進寸，得尺進尺的，竭力佔領這方土地。有什麼可喜樂的事情，不妨說出來，讓天下小孩子一同笑笑；有什麼可悲哀的事情，也不妨說出來，讓天下小孩子陪著哭哭。

只管坦然的、公然的，大人前無須畏縮——小朋友，這是我們積蓄的秘密，容我們低聲匿笑的說罷！大人的思想，竟是極高深奧妙的，不是我們所能測度的。不

知道爲什麼，他們的是非，往往和我們的顛倒。往往我們所以爲刺心刻骨的，他們卻雍容談笑的不理；我們所以爲是渺小無關的，他們卻以爲是驚天動地的事功。

比如說罷，開砲打仗，死了傷了幾萬幾千的人，血肉模糊的臥在地上。我們不必看見，只要聽人說了，就要心悸，夜裏要睡不著，或是說夢話的。他們卻不但不在意，而且很喜歡操縱這些事。

又如我們覺得偌大的中國，不拘誰做總統，只要他老老實實，治撫得大家平平安安的，不妨礙我們的遊戲，我們就心滿意足了。而大人們卻奔走辛苦的談論這件事，他舉他、他推他，亂個不了，比我們玩耍時舉「小人王」還難。

總而言之，他們的事，我們不敢管，也不會管。我們的事，他們竟是不屑管。所以我們大可暢膽的談談笑笑，不必怕他們笑話——我的話完了，請小朋友拍手贊成！

我這一方面呢？除了一星期後，或者能從日本寄回信來之外，往後兩個月中，因爲道遠信件遲滯的關係，恐怕不能有什麼消息。秋風漸涼，最宜書寫，望你們努力！

在上海還有許多有意思的事，要報告給你們。可惜我太忙，大約要留著在船上，對著大海，慢慢的寫，請等待著。

小朋友！明天午後，真個別離了！願上帝無私照臨的愛光，永遠包圍著我們、永遠溫慰著我們。

別了，別了，最後的一句話，願大家努力做個好孩子！

冰心　八、十六．一九二三．上海

通訊 7

親愛的小朋友：

八月十七的下午，約克遜號郵船無數的窗眼裏，飛出五色飄揚的紙帶，遠遠的拋到岸上，任憑送別的人牽住的時候，我的心是如何的飛揚而悽惻！

癡絕的無數的送別者，在最遠的江岸，僅僅牽著這終斷絕的紙條兒，放這龐然大物，載著最重的離愁，飄然西去！

船上生活，是如何的清新而活潑。除了三餐外，只是隨意遊戲散步。海上的頭三日，我竟完全回到小孩子的境地中去了，套圈子、拋沙袋，樂此不疲，過後又絕然不玩了。後來自己回想很奇怪，無他，海喚起了我童年的回憶，海波聲中，童心和遊伴都跳躍到我腦中來。我十分的恨這次舟中沒有幾個小孩子，使我童心來復的

三天中，有無猜暢好的遊戲！

我自小住在海濱，卻沒有看見過海平如鏡，這次出吳淞口，一天的航程，一望無際是粼粼的微波。涼風習習，舟如在冰上行。過了高麗界，海水竟似湖光，藍極綠極，凝成一片。斜陽的金光，長蛇般自天邊直接到欄旁人立處。上自穹蒼，下至船前的水，自淺紅至於深翠，幻成幾十色，一層層、一片片的漾開了來——小朋友，恨我不能畫，文字竟是世界上最無用的東西，寫不出這空靈的妙景！

八月十八夜，正是雙星渡河之夕。晚餐後獨倚欄旁，涼風吹衣。銀河一片星光，照到深黑的海上。遠遠聽得樓欄下人聲笑語，忽然感到家鄉漸遠。繁星閃爍著，海波吟嘯著，凝立悄然，只有惆悵。

十九日黃昏，已近神戶，兩岸青山，不時的有漁舟往來，日本的小山多半是圓扁的，大家說笑，便道是：「饅頭山。」這饅頭山沿途點綴，直到夜裏。遠望燈光燦然，已抵神戶。船徐徐停住，便有許多人上岸去。我因太晚，只自己又到最高層上，初次看見這船璀璨的世界，天上微月的光，和星光、岸上的燈光，無聲相映。不時的還有一串光明從山上橫飛過，想是火車周行……舟中寂然。今夜沒有海潮

音，靜極心緒忽起：「倘若此時母親也在這裏……」我極清晰的憶起北京來，小朋友，恕我，不能往下再寫了。

冰心　八、二十．一九二三．神戶

朝陽下轉過一碧無際的草坡，穿過深林，已覺得湖上風來，湖波不是昨夜欲睡如醉的樣子了——悄然的坐在湖岸上，伸開紙，拿起筆，抬起頭來，四圍紅葉中，四面水聲裏，我要開始寫信給我久違的小朋友。小朋友猜我的心情是怎樣的呢？

水面閃爍著點點的銀光，對岸義大利花園裏亭亭層列的松樹，都證明我已在萬里外。小朋友，到此已逾一月了，便是在日本也未曾寄過一字，說是對不起呢？我又不願！

我平時寫作，喜在人靜的時候。船上卻處處是公共的地方，艙面欄邊，人人可以來到。海景極好，心胸卻難得清平。我只能在清晨間絕早、船面無人時，隨意寫幾個字。堆積至今，總不能整理，也不願草草整理，便遲延到了今日。我是尊重小

朋友的，想小朋友也能尊重、原諒我！

許多話不知從那裏說起，而一聲聲打擊湖上的微波，一層層的沒上雜立的湖石，直到我蔽膝的氈邊來，似乎要求我將她介紹給我的小朋友，小朋友，我眞不知如何的形容、介紹她！她現在橫在我的眼前。湖上的明月和落日，湖上的濃陰和微雨，我都見過了，眞是儀態萬千。小朋友，我的親愛的人都不在這裏，便只有她——海的女兒，能安慰我了。Lake Wadan諧音會意，我便喚她做「慰冰」。每日黃昏的遊泛，舟輕如羽，水柔如不勝槳。岸上四圍的樹葉，綠的、紅的、黃的、白的，一叢一叢的倒影到水中來，覆蓋了半湖秋水。夕陽下極其艷冶、極其柔媚。將落的金光，到了樹梢，散在湖面。我在湖上光霧中，低低的囑咐他，帶我的愛和安慰，一同和他到遠東去。

小朋友！海上半月，湖上也過半月了，若問我愛那一個更甚，這卻難說——海好像我的母親，湖是我的朋友。我和海親近在童年，和湖親近是現在。海是深闊無際，不著一字，她的愛是神秘而偉大的。我對她的愛是歸心低首的。湖是紅葉綠枝，有許多襯托。她的愛是溫和嫵媚的。我對她的愛是清淡相照的。這也許太抽

象，然而我沒有別的話來形容了！

小朋友，兩月之別，你們自己寫了多少，母親懷中的樂趣，可以說來讓我聽聽麼？這便算是沿途書信的小序，此後仍將那寫好的信，按序寄上。日月和地方，都因其舊。「弱游」的我，如何自太平洋東岸的上海繞到大西洋東岸的波士頓來，這些信中說得很清楚，請在那裏看罷！

不知這幾百個字，何時才達到你們那裏，世界眞是太大了！

冰心　十、十四．一九二三．慰冰湖畔，威爾斯利

通訊 8

親愛的弟弟們：

這裏一天一天的下著秋雨，好像永沒有開晴的日子。落葉紅的、黃的堆積在小徑上，有一寸來厚，踏下去又溼又軟。湖畔是少去的了，然而還是一天一遭。很長、很靜的道上，自己走著、聽著雨點打在傘上的聲音。有時自笑不知這般獨往獨來、冒雨迎風，是何目的！走到了，石磯上、樹根上，都是溼的，沒有坐處，只能站立一會，望著濛濛的霧。湖水白極、淡極，四圍湖岸的樹，都隱沒不見，看不出湖的大小，倒覺得神秘。

回來已是天晚，放下綠簾，開了燈，看中國詩詞，和新寄來的「晨報副鐫」，看到親切處，竟然忘卻身在異國。聽得敲門，一聲：「請進。」回頭卻是金髮藍睛

的女孩子，笑頰粲然的立於明燈之下，常常使我猛覺，笑而吁氣！

正不知北京怎樣，中國又怎樣了？怎麼在國內的時候不曾這樣的關心？前幾天早晨，在湖邊石上讀華茲華斯（Wordsworth）的一首詩，題目是：我在不相識的人中間旅行：

"I TRAVELLED AMONG UNKNOWN MEN"

I travelled among unknown men,
In land beyond the sea,
Nor, England! Did I know till then
What love I bore to thee

大意是：

直至到了海外，

在不相識的人中間旅行；
英格蘭！我纔知道我賦與你的
是何等樣的愛。

讀此使我恍然如有所得，又悵然如有所失。是呵，不相識的！湖畔歸來，遠遠幾簇樓窗的燈火，繁星般的燦爛，但不曾與我絲毫慰藉的光氣！

想起北京城裏此時街上正聽著賣葡萄、賣棗的聲音呢！我眞是不堪，在家時黃昏睡起，秋風中聽此，往往悽動不寧。有一次似乎是星期日的下午，你們都到安定門外泛舟去了。我自己廊上凝坐，秋風侵衣。一聲聲：「賣棗！」牆外傳來，覺得十分黯淡無趣。

正不解爲何這般寂寞，忽然你們的笑語、喧嘩也從牆外傳來，我的惆悵，立時消散。自那時起，我承認你們是我的快樂和安慰，我也明白只要人心中有了春氣，秋風是不會引人愁思的。但那時卻不曾說給你們知道。今日偶然又想起來，這裏雖沒有賣葡萄、甜棗的聲響，而窗外風雨交加——爲著人生，不得不別離，卻又禁不

起別離，你們何以慰我？

一天兩次，帶著鑰匙，憂喜參半的下樓到信櫥前去，隔著玻璃，看不見一張白紙。又近看了看，實在沒有。無精打采的挪上樓來，不止一次了！明知萬里路，不能天天有信，而這兩次終不肯不走，你們何以慰我？

夜漸長了，正是讀書的好時候，願隔著地球，和你們一同勉勵著在晚餐後一定的時刻用功。只恐我在燈下時，你們卻在課室裏——回家千萬常在母親跟前！這種光陰是貴過黃金的，不要輕輕地拋擲過去。要知道海外的姊姊，是如何的羨慕你們——往常在家裏，夜中寫字、看書，只管漫無限制。橫豎到了休息時間，父親或母親就會來催促的。擱筆一笑，覺得樂極。如今到了夜深人倦的時候，只能無聊的自己收拾收拾，去做那還鄉的夢。弟弟！想著我，更應當盡量消受你們眼前歡愉的生活！

菊花上市，父親又忙了，今年種得多不多？我案頭只有水仙花，還沒有開，總是含苞、總是希望，常常引起我的喜悅。

快到晚餐的時候了，美國的女孩子，眞愛打扮，尤其是夜間。第一遍鐘響，就

忙著穿衣敷粉、紛紛晚妝，夜夜晚餐桌上，個個花枝招展的。「巧笑倩兮，美目盼兮，彼美人兮，西方之人兮。」我曾戲譯這四句詩給她們聽。攢三聚五的凝神向我，聽罷相顧，無不歡笑。不多說什麼了，只有「珍重」二字，願彼此牢牢守著！

冰心　十、廿四夜．一九二三．閉璧樓

●倘若你們願意，不妨將這封分給我們的小朋友看看。途中書信，正在整理，兩天內不見得能寫寄。將此塞責，也是慰情聊勝無呵！

通訊 9

● 這是我姊姊由病院寄給父親的一封信，描寫她病中的生活和感想，真是比日記還詳。我想她病了，一定不能常寫信給「兒童世界」的小讀者。也一定有許多小讀者，希望得著她的消息。所以我請父親，將她這封信發表。父親允許了，我就略加聲明當作小引。想姊姊不至責我多事？

一、二十二．一九二四．冰仲，北京交大

親愛的父親：

我不願告訴我的恩慈的父親，我現在是在病院裏；然而尤不願有我的任何一件事，隱瞞著不叫父親知道！橫豎信到日，我一定已經痊癒，病中的經過，正不妨作

記事看。

自然又是舊病了，這病是從母親來的。我病中沒有分毫不適，我只感謝上蒼，使母親和我的體質上，有這樣不模糊的連結。血赤是我們的心、是我們的愛，我愛母親，也並愛了我的病！

前兩天的夜裏——病院中沒有日月，我也想不起來——S女士請我去晚餐。在她小小的書室裏，滅了燈，燃著閃閃的燭，對著熊熊的壁爐的柴火，談著東方的故事——一回頭我看見一輪淡黃的月，從窗外正照著我們；上下兩片輕綃似的白雲，將她托住。S女士也回顧驚喜讚歎。匆匆的飲了咖啡，披上外衣，一同走了出去。——原來不僅月光如水，星光也爛然滿天！

她指點給我看：那邊是織女，那個是牽牛，還有仙女星、獵戶星、孿生的兄弟星、王后星，末後她悄然的微笑說：「這些星星方位和名字，我一一牢牢記住。到我衰老不能行走的時候，我臥在床上，看著疏星從我窗外度過，那時便也和同老友相見一般的喜悅。」她說著起了微喟。月光照著她飄揚的銀白的髮，我已經微微的起了感觸，如何的淒清又帶著詩意的句子呵！

我問她如何會認得這些星辰的名字，她說因爲她的弟弟是航海家的緣故，這時父親已橫上我的心頭了！

記否去年的一個冬夜，我同母親夜坐，父親回來的很晚。我迎著走進中門，朔風中父親帶我立在院裏，也指點給我看：這邊是天狗，那邊是北斗，那邊是箕星。那時我覺得父親的智慧是無限的，知道天空縹緲之中，一切微妙的事——又是一年了！

月光中S女士送我回去，上下的曲徑上，緩緩的走著。我心中悄然不怡——半夜便病了。

早晨還起來，早餐後又臥下。午後還上了一課，課後走了出來，天氣好似早春，「慰冰湖」波光蕩漾。我慢慢的走到湖旁，臨流坐下，覺得又弱又無聊。晚霞和湖波的細響，勉強振起我的精神來，黃昏時才回去。夜裏九時，她們發覺了，立刻送我入了病院。

醫院是在小山上學校的範圍之中，夜中到來看不眞切。醫生和護士在燈光下注視我的微微的笑容，使我感到一種無名的感覺——一夜很好，安睡到了天晚。

早晨絕早，護士抱著一大束黃色的雛菊，是閉璧樓同學送來的。我忽然下淚，憶起在國內病時床前的花了——這是第一次。

這一天中睡的時候最多，但是花和信，不斷的來，不多時便屋裏滿了清香，玫瑰也有，菊花也有，還有許多不知名的。每封信都很有趣味，但信末的名字我多半不認識。因爲同學多了，只認得面龐，名字實在難記！

我情願在這裏病，飲食很精良，調理的又細心。我一切不必自己勞神，連頭都是人家替我梳的。我的床一日推移幾次，早晨便推近窗前。外望看見禮拜堂紅色的屋頂和塔尖，看見圖書館，更隱隱的看見了「慰冰湖」對岸秋葉落盡，樓臺也露了出來。近窗有一株很高的樹，不知道是什麼名字。昨日早上，我看見一隻紅頭花翎的啄木鳥，在枝上站著，好一會才飛走。又看見一頭很小的松鼠，在上面往來跳躍。

從護士遞給我的信中，知道許多師長、同學來看我，都被醫生拒絕了。我自此便閉居在這小樓裏，——這屋裏清雅絕塵，有加無已的花，把我圍將起來。我神志很清明，卻又混沌，一切感想都不起，只停在「臣門如市，臣心如水」的狀態之

中。

何從說起呢？不時聽得電話的鈴聲響：

「……醫院……她麼？……很重要……不許接見……眠食極好，最要的是靜養，……書等明天送來罷，……花和短信是可以的……」

差不多都是一樣的話，我倚枕模糊可以聽見，猛憶起今夏病的時候，電話也一樣的響，冰仲弟說：

「姊姊麼——好多了，謝謝！」

覺得我眞是多事，到處叫人家替我忙碌——這一天自半醒半睡中度過。

第二天頭一句問護士的話，便是：「今天許我寫字麼？」她笑說：「可以的，但不要寫的太長。」我喜出望外，第一封便寫給家裏，報告我平安。不是我想隱瞞，因不知從那裏說起。第二封便給了閉璧樓九十六個「西方之人兮」的女孩子，我說：

「感謝妳們的信和花帶來的愛——我臥在床上，用悠暇的目光，遠遠看著湖水、看著天空。偶然也看見草地上、圖書館、禮堂門口進出的妳們。我如何的幸福

呢？沒有那幾十頁的詩，當功課的讀。沒有晨興鐘，促我起來。我閒閒的背著詩句，看日影漸淡，夜中星辰當著我的窗戶；如不是因爲想妳們，我眞不想回去了！」

信和花仍是不斷的來。黃昏時護士進來，四顧室中，她笑著說：「這屋裏成了花窖了。」我喜悅的也報以一笑。

我素來是不大喜歡菊花的香氣的，竟不知她有著玫瑰花香拂到我的臉上時，會這樣的甜美而濃烈——這時趁了我的心願了！日長晝永，萬籟無聲。一室之內，惟有花與我。在天然的禁令之中，杜門謝客，過我的清閒、回憶的光陰。

把往事一一提起，無一不使我生美滿的微笑。我感謝上蒼：過去的二十年中，使我一無遺憾，只有這次的別離，憶起有些兒驚心！

B夫人早晨從波士頓趕來，只有她闖入這清嚴的禁地裏。醫生只許她說，不許我說。她雙眼含淚，蒼白無主的面頰對著我，說：「本想我們有一個最快樂的感恩節……然而不要緊的，等妳好了，我們另有一個……」

我握著她的手，沉靜的不說一句話。等她放好了花，頻頻回顧的出去之後，望

著那「母愛」的背影，我潸然淚下——這是第二次。

夜中絕好，是最難忘之一夜。在衆香國中，花氣氤氳。我請護士將兩盞明燈都開了，燈光下，床邊四圍，淺綠濃紅，爭妍鬥媚，如低眉，如含笑。窗外嚴淨的天空裏，疏星炯炯，枯枝在微風中，顫搖有聲，我凝然肅然，此時、此心可朝天帝！

猛憶起兩句：

消受白蓮花世界，
風來四面臥中央。

這福是不能多消受的！果然，護士微笑的進來，開了窗，放下簾子，挪好了床，便一瓶一瓶的都抱了出去，回頭含笑對我說：「太香了，於妳不宜，而且夜中這屋裏太冷。」——我只得笑著點首。然終留下了一瓶玫瑰，放在窗臺上。在黑暗中，她似乎知道現在獨有她慰藉我，便一夜的溫香不斷——

「花怕冷，我便不怕冷麼？」我因失望起了疑問，轉念我原是不應怕冷的，便

又寂然心喜。日間多眠，夜裏便十分清醒。到了連書都不許看時，纔知道能背誦詩句的好處，幾次聽見車聲隆隆走過，我憶起：

水調歌從鄰院度，
雷聲車是夢中過。

朋友送來一本書，是 Student's Book of Inspiration 裏面有一段恍惚說：

「世界上最難忘的是自然之美，……有人能增加些美到世上去，這人便是天之驕子。」

眞的，最難忘的是自然之美！今日黃昏時，窗外的慰冰湖，銀海一般的閃爍，意態何等清寒？秋風中的枯枝，叢立在湖岸上，何等疏遠？秋雲又是如何的幻麗？這廣場上忽陰忽晴，我病中的心情，又是何等的飄忽無著？

沉黑中仍是滿了花香，又憶起：

到死未消蘭氣息，

他生宜護玉精神。

父親！這兩句我不應寫了出來，或者會使您生無謂的難過。但我欲其眞，當時實是這樣忽然憶起來的。沒有這般的孤立過，連朋友都隔絕了，但讀信又是怎樣的有趣呢？

一個美國朋友寫著：

「從村裏回來，到妳屋去，竟是空空。我幾乎哭了出來！看見妳相片立在桌上，我也難過。告訴我，有什麼我能替妳做的事情，我十分樂意聽妳的命令！」

又一個寫著：

「感恩節近了，快康健起來罷！大家都想妳，妳長在我們的心裏！」

但一個日本的朋友寫著：

「生命是無定的，人們有時雖覺得很近，實際上卻很遠。妳和我隔絕了，但我覺得妳是常常近著我！」

中國朋友說：

「今天怎麼樣，要看什麼中國書麼？」

都只寥寥數字，竟可見出國民性——一夜從雜亂的思想中度過。清早的時候，掃除橡葉的馬車聲，輾破曉靜。我又憶起：

馬蹄隱隱聲隆隆，
入門下馬氣如虹。

底下自然又連帶到：

我今垂翅負天鴻，
他日不羞蛇作龍！

這時天色便大明了。

今天是感恩節，窗外的樹枝都結上嚴霜，晨光熹微，湖波也凝而不流，做出初冬天氣。——今天草場上斷絕人行，個個都回家過節去了。美國的感恩節如同我們的中秋節一般，是家族聚會的日子。

父親！我不敢說是「每逢佳節倍思親」，因爲感恩節在我心中，並沒有什麼甚深的觀念。然而病中心情，今日是很惆悵的。花影在壁，花香在衣。濛濛的朝靄中，我默望窗外，萬物無語，我不禁淚下——這是第三次。

幸而我素來是不善熱鬧的，每逢佳節，就想到幽靜的地方去。今年、此日避到這小樓裏，也是清福。昨天偶然憶起辛棄疾的〈青玉案〉：

眾裏尋他千百度——
驀然回首，
那人卻在

燈火闌珊處。

我隨手便記在一本書上，並附了幾個字：

「明天是感恩節，人家都歡槳去了，我卻閉居在這小樓裏。然而，憶到這孤芳自賞、別有懷抱的句子，又不禁喜悅的笑了。」

花香纏繞筆端，終日寂然。我這封信時作時輟，也用了一天工夫。

醫生替我回絕了許多朋友，我恍惚聽見她電話裏說：

「她今天看著中國的詩，很平靜、很喜悅！」我便笑了，我昨天倒是看詩，今天卻是拿書遮著我的信紙。

父親！我又淘氣了！

護士的嚴淨的白衣，忽然現在我的床前。她又送一束花來給我——同時她發覺了我寫了許多，笑著便來禁止，我無法奈她何——她走了，她實是一個最可愛的女子，當她在屋裏蹀蹀之頃，無端有「身長玉立」四字浮上腦海。

當父親讀到這封信時，我已生龍活虎般在雪中遊戲了，不要以我置念罷——寄我的愛與家中一切的人。我記念著他們每一個！

這回眞不寫了，父親記否我少時的一夜，黑暗裏跑到山上的旗臺上去找父親。一星燈火裏，我們在山上下彼此喚著。我一憶起，心中就充滿了愛感。如今是隔著我們摯愛的海洋呼喚著了！親愛的父親，再談罷，也許明天我又寫信給您！

女兒　瑩倚枕　十一、二十九．一九二三

10

親愛的小朋友：

我常喜歡挨坐在母親的旁邊，挽住她的衣袖，央求她述說我幼年的事。

母親凝想地、含笑地、低低地說：

「不過有三個月罷了，偏已是這般多病。聽見端藥杯的人的腳步聲，已知道驚怕啼哭。許多人圍在床前，乞憐的眼光，不望著別人，只向著我，似乎已經從人群裏認識了妳的母親！」

這時眼淚已涇了我們兩個人的眼角！

「妳的彌月到了，穿著舅母送的水紅綢子的衣服，戴著青緞沿邊的大紅帽子，抱出廳堂前。因看妳豐滿紅潤的面龐，使我在姊妹、妯娌群中，起了驕傲。」

「只有七個月，我們都在海舟上，我抱妳站在欄旁。海波聲中，妳已會呼喚『媽媽』和『姊姊』。」

對於這件事，父親和母親還不時的起爭論。父親說世上沒有七個月會說話的孩子。母親堅執說是的。在我們家庭歷史中，這事至今是件疑案。

「濃睡之中，猛然聽得丐婦求乞的聲音，以為母親已被她們帶去了。冷汗被面的驚坐起來，臉和唇都青了，嗚咽不能成聲。我從後屋連忙進來，珍重的攬住。經過了無數的解釋和安慰。自此後，便是睡著，我也不敢輕易的離開妳的床前。」

這一節，我彷彿記得，我聽時、寫時都重新起了嗚咽！

「有一次妳病得重極了。地上鋪著蓆子，我抱著妳在上面膝行。正是暑月，妳父親又不在家。妳斷斷續續說的幾句話，都不是三歲的孩子所能夠說的。因著妳奇異的智慧，增加了我無名的恐怖。我打電報給妳父親，說我身體和靈魂上都已不能再支持。忽然一陣大風雨，深憂的我、重病的妳，和妳疲乏的乳母，都沉沉的睡了一大覺。這一番風雨，把妳又從死神的懷抱裏，接了過來。」

我不信我智慧，我又信我智慧！母親以智慧的眼光，看萬物都是智慧的，何況

她的唯一摯愛的女兒？

「頭髮又短，又沒有一刻肯安靜。早晨這左右兩條小辮子，總是梳不起來。沒有法子，父親就來幫忙：『站好了，站好了，要照相了！』父親拿著照相匣子，假作照著。又短又粗的兩條小辮子，好容易天天這樣的將就的編好了。」

我奇怪，我竟不懂得向父親索要我每天照的相片！

「陳媽的女兒寶姐，是妳的朋友。她來了，我就關妳們兩個人在屋裏，我自己睡午覺。等我醒來，一切的玩具，小人小馬，都當做船，飄浮在臉盆的水裏，地上已是水汪汪的。」

寶姐是我一個神祕的朋友，我自始至終不記得、不認識她。然而從母親口裏，我深深的愛了她。

「已經三歲了，或者快四歲了。父親帶妳到他的兵艦上去，大家匆匆的替妳換上衣服。妳自己不知什麼時候，把一支小木鹿，放在小靴子裏。到船上只要父親抱著，自己一步也不肯走。放到地上走時，只有一跛一跛的。大家奇怪了，脫下靴子，發現了小木鹿。父親和他的許多朋友都笑了——傻孩子！妳怎麼不會說？」

母親笑了，我也伏在她的膝上羞愧的笑了。——回想起來，她的質問，和我的羞愧，都是一點理由沒有的。十幾年前事，提起當面前來說，眞是無謂。然而那時我們中間瀰漫了癡和愛！

「妳最怕我凝神，我至今不知是什麼緣故。每逢我凝望窗外，或是稍微的呆了一呆，妳就過來呼喚我，搖撼我，說：『媽媽，您的眼睛怎麼不動了！』我有時喜歡妳來抱住我，便故意的凝神不動。」

我自己也不知道是什麼緣故。也許母親凝神，多是憂愁的時候，我要攪亂她的思路，也未可知。無論如何，這是個隱謎！

「然而妳自己卻也喜凝神。天天喫著飯，呆呆的望著壁上的字畫，桌上的鐘和花瓶。一碗飯數米粒似的，吃了好幾點鐘。我急了，便把一切都挪移開。」

這件事我記得，而且很清楚，因爲獨坐沉思的脾氣至今不改。

當她說這些事的時候，我總是臉上堆著笑，眼裏滿了淚。聽完了用她的衣襟來印我的眼角，靜靜的伏在她的膝上。這時宇宙已經沒有了，只母親和我，最後我也沒有了，只有母親；因爲我本是她的一部分！

這是如何可驚喜的事，從母親口中，逐漸的發現了、完成了我自己！她從最初已知道我、認識我、喜愛我。在我不知道不承認世界上有個我的時候，她已愛了我了。我從三歲起，纔慢慢的在宇宙中尋到了自己、愛了自己、認識了自己；然而我所知道的自己，不過是母親意念中的我的百分之一、千萬分之一。

小朋友！當你尋見了世界上有一個人，認識你、知道你、愛你，都千百倍的勝過你自己的時候；你怎能不感激、不流淚、不死心塌地的愛她，而且死心塌地的容她愛你？

有一次幼小的我，忽然走到母親面前，仰著臉問說：「媽媽，您到底爲什麼愛我？」母親放下針線，用她的面頰，抵住我的前額。溫柔的，不遲疑的說：「不爲什麼——只因妳是我的女兒！」

小朋友！我不信世界上還有人能說這句「不為什麼」四個字，從她口裏說出來，何等剛決、何等無回旋！她愛我。不是因爲我是「冰心」，或是其他人世間的一切虛僞的稱呼和名字！她的愛是不附帶任何條件的。唯一的理由，就是我是她的女兒。總之，她的愛，是屏除一切、拂拭一切，層層的麾開我前後左右所蒙罩的，

使我成爲「今我」的原素，而直接的來愛我的自身！

假使我走至幕後，將我二十年的歷史和一切都變更了，再走出到她面前。世界上即使沒有一個人認識我，只要我仍是她的女兒，她就仍用她堅強無盡的愛來包圍我。她愛我的肉體，她愛我的靈魂，她愛我前後左右，過去、將來和現在的一切！

天上的星辰，驟雨般落在大海上，嗤嗤繁響。海波如山一般的洶湧，一切樓屋都在地上旋轉，天如同一張藍紙捲了起來。樹葉子滿空飛舞，鳥兒歸巢，走獸躲到他的洞穴。萬象紛亂中，只要我能尋到她，投到她的懷裏……天地一切都信她！她對於我的愛，不因著萬物毀滅而變更！

她的愛不但包圍我，而且普遍的包圍著一切愛我的人。而且因著愛我，她也愛了天下的兒女，她更愛了天下的母親。小朋友！告訴你一句小孩子以爲是極淺顯，而大人們以爲是極高深的話：「世界便是這樣的建造起來的！」

世界上沒有兩件事物，是完全相同的。同在你頭上的兩根絲髮，也不能一般長短。然而——請小朋友們和我同聲讚美！只有普天下的母親的愛，或隱或顯，或出或沒；不論用斗量、用尺量，或是用心靈的度量衡來推測；我的母親對於我，你的

母親對於你，她的和他的母親對於她和他；她們的愛全是一般的長闊高深，分毫都不差減。

小朋友！我敢說，也敢信古往今來，沒有一個敢來駁我這句話。當我發覺了這神聖的祕密的時候，我竟歡喜、感動得伏案痛哭！

我的心潮，沸湧到最高度，我知道對我的病體是不相宜的，而且我更知道我所寫的，都不出乎你們的智慧範圍之外——窗外正是下著緊一陣慢一陣的秋雨。玫瑰花的香氣，也正無聲的讚美她們的「自然母親」的愛！

我現在不在母親的身畔——但我知道她的愛沒有一刻離開我，她自己也如此說——暫時無從再打聽關於我的幼年的消息。然而我會寫信給我的母親，我說：「親愛的母親，請您將我所不知道的關於我的事，隨時記下寄來給我。我現在正是考古家一般的，要從深知我的您口中，研究我神祕的自己。」

被上帝祝福的小朋友！你們正在母親的懷裏——小朋友！我教給你，你看完了這一封信，放下報紙，就快快跑去找你的母親——若是她出去了，就去坐在門檻上，靜靜的等她回來——不論在屋裏或是院中，把她尋見了；你便上去攀住她，左

右親她的臉，你說：「母親！若是您有工夫，請您將我小時候的事情，說給我聽！」等她坐下了，你便坐在她的膝上，倚在她的胸前。你聽得她心脈和緩的跳動。你仰著臉，會有無數關於你的，你所不知道的美妙的故事，從她口裏天樂一般的唱將出來！

然後——小朋友！我願你告訴我，她對你所說的都是什麼事。

我現在正病著。沒有母親坐在旁邊，小朋友一定憐念我，然而我有說不盡的感謝！造物者將我交付給我母親的時候，竟賦與了我以記憶的心才；現在又從忙碌的課程中替我匀出七日夜來，回想母親的愛。我病中光陰，因著這回想，寸寸都是甜蜜的。

小朋友，再談罷，致我的愛與你們的母親！

你的朋友　冰心

十二、五晨．一九二三．聖卜生療養院，威爾斯利

通訊 11

小朋友：

從聖卜生醫院寄你們一封長信之後，又是二十天了。十二月十三之晨，我心酸腸斷，以爲從此要嘗些人生失望與悲哀的滋味，誰知眼前有這種柳暗花明的美景。但凡有知，能不感謝！

小朋友們知道我不幸病了，我卻沒有想到這病是須休息的，所以當醫生緩緩的告訴我的時候，我幾乎神經錯亂。十三、十四兩夜，淒清的新月，射到我的床上。瘦長的載霜的白楊樹影，參差滿窗——我深深的覺出了宇宙間的淒楚與孤立。一年來的計畫，全歸泡影，連我自己一身也不知是何底止。秋風颯然，我的頭垂在胸次。我竟恨了西半球的月，一次是中秋前後兩夜，第二次便是現在了，我竟不知明

月能傷人至此！

昏昏沉沉的過了兩日，十五早起，看見遍地是雪，空中猶自飛舞，湖上凝陰，意態清絕。我蕭然倚窗無語，對著「慰冰湖」純潔的餞筵，竟麻木不知感謝。下午一乘輕車，幾位師長帶著心灰意懶的我，雪中馳過深林，上了青山（The Blue Hills）到了沙穰療養院。

如今窗外不是湖了，是四圍山色之中，叢密的松林，將這座樓圈將起來。清絕、靜絕，除了一天幾次火車來往，一道很濃的白煙從兩重山色中串過，隱隱的聽見輪聲之外，輕易沒有什麼聲息，單弱的我，拚著頹然的在此住下了！

一天一天的過去，覺得生活很特別。十二歲以前半玩半讀的時候不算外，這總是第一次拋棄一切，完全來與「自然」相對。以讀書、凝想、賞明月、看朝霞為日課。有時夜半醒來，萬籟俱寂，皓月中天，悠然四顧，覺得心中一片空靈。我縱欲修心養性，那得此半年空閒，幕天席地的日子？百忙中為我求安息，造物者！我對你安能不感謝？

日夜在空曠之中，我的注意就有了更動。早晨朝霞是否相同？夜中星辰曾否轉

移了位置？都成了我關心的事。在月亮左側不遠，一顆很光明的星，是每夜最使我注意的。自此稍右，三星一串，閃閃照人，想來不是「牽牛」，就是「織女」。

此外秋星窈窕，都羅列在我的枕前。就是我閉目寧睡之中，他們仍明明在上臨照我。無聲的環立，直到天明，將我交賦與了朝霞，纔又無聲的歷落隱入天光雲影之中。

說到朝霞，我要擱筆，只能有無言的讚美。我所能說的就是朝霞顏色的變幻和晚霞恰恰相反。晚霞的顏色是自淡而濃，自金紅而碧紫。朝霞的顏色是自濃而淡，自青紫而深紅。然後一輪朝日，從松嶺捧將上來，大地上一切都從夢中醒覺。

便是不晴明的天氣，夜臥聽簷上夜雨，也是心寧氣靜。頭兩夜聽雨的時候，憶起什麼「……第一是難聽夜雨！天涯倦旅，此時心事良苦……」「灑空階更闌未休……似楚江暝宿，風燈零亂，少年羈旅……」「……可惜流年憂愁風雨，樹猶如此……」「……細雨夢回雞塞遠，小樓吹徹玉笙寒……」等句，心中很惆悵的，現在已好些了。小朋友！我筆不停揮，無意中寫下這些詞句。你們未必看過，也未必懂得，然而你們儘可不必研究。這些話，都在人情之中，你們長大時，自己

都會寫的，特意去看，反倒無益。

山中雖不大記得日月，而聖誕的觀念，卻充滿在同院二十二個女孩的心中。二十四夜在樓前雪地中間的一棵松樹上，結些燈彩，樹巔一顆大星星，樹下更掛著許多小的。那夜我照常臥在廊下，只有十二點鐘光景，忽然柔婉的聖誕歌聲，沉沉的將我從濃睡中引將出來。

開眼一看，天上是月，地下是雪，中間一顆大燈星，和一個猛醒的人。這一切完全了一個透澈晶瑩的世界！想起一千九百二十三年前，一個純潔的嬰孩，今夜出世，似他的完全的愛，似他的完全的犧牲，這個澈底光明柔潔的夜，原只是爲他而有的。我側耳靜聽，憶起舊作「天嬰」中的兩節：

馬槽裏可能睡眠？
　凝注天空——
這清亮的歌聲，
　珍重的詔語，

催他思索，
想只有淚珠盈眼，
熱血盈腔。
奔赴著十字架，
奔赴著荊棘冠，
想一生何曾安頓？
繁星在天。
夜色深深，
開始的負上罪擔千鈞！

此時心定如冰，神清若水，默然肅然，直至歌聲漸遠，隱隱的只餘山下孩童奔逐歡笑、祝賀之聲，我漸漸又入夢中。夢見冰仲肩著四絃琴，似愁似喜的站在我面前，拉著最熟的調子是：「我如何能離開你？」聲細如絲，如不勝清怨，我淒惋而醒。天幕沉沉，正是聖誕日！

朝陽出來的時候，四圍山中松梢的雪，都映出粉霞的顏色。一身似乎擁在紅雲之中，幾疑自己已經仙去。正在凝神，護士已出來將我的牀從廊上慢慢推到屋裏，微笑著道了：「聖誕大喜。」便捧進幾十個紅絲纏繞、白紙包裹的禮物來，堆在我的牀上。一包一包的打開，五光十色的玩具和書，足足的開了半點鐘。我喜極了，一剎那頃童心來復，忽然想要跑到母親牀前去，搖醒她，請她過目。猛覺一身在萬里外……只無聊的隨便拿起一本書來，顛倒的、心不在焉的看。

這座樓素來沒有火，冷清清的如同北冰洋一般。難得今天開了一天的汽管，也許人坐在屋裏，覺得適意一點。果點和玩具和書，都堆疊在桌上，而弟弟們以及小朋友們卻不能和我同樂。

一室寂然，窗外微陰，雪滿山中。想到如這回不病，此時正在紐約或華盛頓，塵途熱鬧之中，未必能有這般清福可享，又從失意轉成喜悅。

晚上院中也有一個慶賀的會，在三層樓下。那邊露天學校的小孩子們也都來了，約有二十個——那些孩子都是居此治療的，那學校也是爲他們開的。我還未曾下樓，不得多認識他們。想再有幾天，許我遊山的時候，一定去看他們上課遊散的

光景，再告訴你們些西半球帶病行樂的小朋友的消息——廳中一棵裝點的極其輝煌的聖誕樹，上面繫著許多的禮物。醫生一包一包的帶下去，上面註有各人的名字，附著滑稽詩一首，是互相取笑的句子。那禮物也是極小卻極有趣的東西。我得了十支五彩漆管的鉛筆，一端有個橡皮帽子，那首詩是：

親愛的，你天天在床上寫字，寫字，
　　必有一日犯了醫院的規矩，
　　墨水沾污了床單。
給你這一支鉛筆，還有橡皮，
　　好好的用罷，
可愛的孩子！

醫生、護士以及病人，把那廳坐滿了。集合八國的人，老的、少的，唱著同調的曲。也倒燈火輝煌，歌聲嘹亮的過了一個完全的聖誕節。

二十六夜大家都覺乏倦了，鴉雀無聲的都早去安息。雪地上那一顆燈星，卻仍是明明遠射。我關上了屋裏的燈，倚窗而立，燈光入戶，如同月光一般。憶起昨夜那些小孩子，接過禮物攢三集五，聚精凝神，一層層打開包裹的光景，正在出神，外間敲門，進來了一個希臘女孩子，她從沉黑中笑道：「好一個詩人呵！我不見燈光，以為妳不在屋裏呢！」我悄然一笑，纔覺得自己是在山間萬靜之中。

自那時又起了鄉愁——恕我不寫了，此信到日，正是故國的新年，祝你們快樂平安！

冰心　十二、二十六・一九二三・沙穰療養院

通訊 12

小朋友：

滿廊的雪光，開讀了母親的來信，依然不能忍的流下幾滴淚——四圍山上的層層的松枝，載著白絨般的很厚的雪，沉沉下垂。不時的掉下兩片手掌大的雪塊，無聲的堆在雪地上。小松呵！你受造的滋潤是過重了！我這過分的被愛的心，又將何處去交卸！

小朋友，可怪我告訴過你們許多事，竟不曾將我的母親介紹給你？她是這麼一個母親：她的話，句句使做兒女的人動心；她的字，一點、一劃都使做兒女的人流下淚！我每次得她的信都不曾預想到有什麼感觸的。往往讀到中間，至少有一兩句使我心酸淚落。這樣深濃、這般誠摯的開天闢地的愛情呵！願普天下一切有知。都

來頌讚！以下節錄母親信內的話，小朋友，試當她是你自己的母親，你和她相離萬里，你讀的時候，你心中覺得怎樣？

我讀妳「寄母親」的一首詩，我忍不住流下淚，此後妳多來信，我就安慰多了！

十月十八日

我心靈是和妳相連的。不論在做什麼事情，心中總是想起妳來……

十月二十七日

我們是相依爲命的。不論妳在什麼地方、做什麼事情，妳母親的心魂，總繞在妳的身旁，保護妳、撫抱妳，使妳安安穩穩一天一天的過去。

十一月九日

我每遇晚飯的時候，一出去看見妳屋中電燈未息，就彷彿妳在屋裏，未來喫飯似的。就想叫妳，猛憶妳不在家，我就很難過！

十一月二十二日

妳的來信和相片，我差不多一天看了好幾次，讀了好幾回。到夜中睡覺的時候，自然是夢魂飛越在妳的身旁，妳想做母親的人，那個不思念她的孩子？……

十一月二十六日

經過了幾次的酸楚，我忽發悲願，願世界自始至終就沒有我，永滅母親的思念。一轉念縱使沒有我，她還可有別的女孩子做她的女兒，她仍是一般的牽掛，不如世界上自始至終就沒有母親——然而世界上古往今來、百千萬億的母親，又當如何？且我的母親已經澈底的告訴我：「做母親的人，那個不思念她的孩子！」

爲此，我透徹的覺悟，我死心塌地的肯定了我們居住的世界是極樂的。「母親的愛」打千百轉身，在世上幻出人和人、人和萬物種種一切的互相和同情。這如火如荼的愛力，使這疲緩的人世，一步一步的移向光明！感謝上帝，經過了別離，我反覆思尋印證，心潮幾番動盪起落，自我和我的母親、她的母親，以及他的母親接觸之間，我深深的證實了我年來的信仰，絕不是無意識的！眞的，小朋友，別離之前，我不曾懂得母親的愛動人至此，使人一心一念，神魂奔赴……我不須多說，

小朋友知道的比我更澈底。我只願這一心一念，永住永存，盡我在世的光陰，來謳歌頌揚這神聖無邊的愛！

聖保羅在他的書信裏，說過一句破天驚的話，是：「我爲這福音的奧祕，做了帶鎖鍊的使者。」一個使者，卻是帶著奧妙的愛的鎖鍊的！小朋友，請你們監察我，催我自強不息的來奔赴這理想的最高的人格！

這封信不是專爲介紹我母親的自身，我要提醒的是「母親」這兩個字。誰無父母、誰非人子？母親的愛，都是一般；而你們天眞中的經驗，卻千百倍的清晰、濃摯於我！母親的愛，竟不能使我在人前有絲毫的得意和驕傲，因爲普天下沒有一個沒有母親的孩子。

小朋友，誰道上天生人有厚薄？無貧富、無貴賤，造物者都預備一個母親來愛他。又試問鴻濛初闢時，又那裏有貧富貴賤，這些人造的制度、階級，遂令當時人類在母親的愛光之下，個個自由、個個平等！

你們有這個經驗麼？我往往有愛世上其他事勝過母親的時候，爲著兄弟朋友、爲著花鳥蟲魚，甚至於爲著一本書、一件衣服，和母親違拗爭執，當時只弄嬌癡。

就是母親，也未曾介意。今病榻上寸寸回想，使我有無限的驚悔。小朋友，為著我，自此留心，只有母親是真愛你的。她的勸誡，句句有天大的理由。花鳥蟲魚的愛是短暫，母親的愛才是永遠！時至今日，我偶然悟到，因著母親，使我承認了世間一切其他的愛，又冷淡了世間一切其他的愛。

青山雲霽，意態十分清冷。廊上無人，只不時的從樓下飛到一兩聲笑語，真是幽靜極了。造物者的意旨，何等的深沉！把我從歲暮的塵囂之中，提將出來，叫我在深山萬靜之中，來輾轉思索。說到我的病，本不是什麼大症候，也就無所謂痊癒。現在只要慢慢的休息著。只是逃了幾個月的學，其中有幸有不幸。這是一九二三年的末一日，小朋友，我祝你們進步。

冰心　十二、三十一．一九二三．青山，沙穰

通訊 13

親愛的母親：

這封信母親看到時，不知是何情緒——曾記得母親有一個女兒，在母親身畔二十年。曾招母親歡笑，也曾惹母親煩惱。六個月前，她竟橫海去了。她又病了，在沙穰休息著。這封信便是她寫的。

如今她自己寂然的在燈下，聽見樓下悠揚淒婉的音樂，和欄旁許多女孩子的笑聲，她只不出去。她剛覆了幾封國內朋友的信，她忽然心緒潮湧。是她到沙穰以來，第一次的驚心。人家問她功課如何，聖誕節曾到華盛頓、紐約否，她不知所答。光陰從她眼前飛過，她一事無成，自己病著玩。

她如結的心，不知交給誰安慰好——她倦弱的腕，在碎紙上縱橫寫了無數的

「算未抵人間離別！」直到寫了滿紙，她自己才猛然驚覺，也不知這句從何而來！

母親呵！我不應如此說。我生命中只有「花」和「光」和「愛」，我生命中只有祝福，沒有詛咒——但些時的悵惘，也該覺著罷！些時的悲哀而平靜的思潮，永在祝福中度生活的我，已支持不住。看！小舟在怒濤中顛簸，失措的舟子，抱者檣杆，哀喚著「天妃」的慈號。我的心舟在起落萬丈的思潮中震盪時，母親！縱使您在萬里外，寫到「母親」兩個字在紙上時，我無主的心，已有了著落。

一月十夜

昨夜寫到此處，護士進來催我去睡。當時雖有無限的哀怨，而一面未嘗不深幸有她來阻止我，否則儘著我往下寫，不寧的思潮之中，不知要創造出怎樣感傷的話來！

母親！今日沙穰大風雨，天地爲白，草木低頭。晨五時，我已覺得早霞不是一種明媚的顏色，慘綠怪紅，淒厲得可怖！只有八時光景，風雨漫天而來！大家從廊上紛紛走進自己屋裏，拚命的推著關上門窗。

白茫茫裏，群山都看不見了。急雨打進窗紗，直擊著玻璃，從窗隙中濺了進來。狂風循著屋脊流下，將水洞中積雨，吹得噴泉一般的飛灑。我的煩悶，都被這驚人的風雨，吹打散了。單調的生活之中，原應有個大破壞——我又忽然想到此時如在約克遜舟上，太平洋裏定有奇景可觀。

我們的生活是太單調了，只天天隨著鐘聲起、臥、休息。白日的生涯，還不如夢中熱。松樹的綠意總不改，四圍山景就沒有變遷了。我忽然恨松柏爲何要冬青，否則到底也有個紅白綠黃的更換點綴。

爲著止水般無聊的生活，我更想弟弟們了！這裏的女孩子，只低頭刺繡。靜極的時候，連針穿過布帛的聲音，都可以聽見。我有時也繡著玩，但不以此爲日課；我看點書、寫點字，或是倚欄看村裏的小孩子，在遠處林外溜冰，或推小雪車。

有一天靜極忽發奇想，想買幾掛大爆仗來放放，震一震這寂寂的深山，叫他發空前的回響——這裏，做夢也看不見爆仗。我總想得個發響的東西玩玩。我每每幻想有一管小手槍在手裏，安上子彈，抬起槍來，一扳，「砰」的一聲，從鐵窗紗內穿將出去！要不然小汽槍也好……但這至終都是潛伏在我心中的幻夢。世界不是

我一個人的，我不能任意的破壞沙穰一角的柔靜與和平。

母親！我童心已完全來復了。在這裏最適意的，就是靜悄悄的過個性的生活。人們不能隨便來看，一定的時間和風雪的長途都限制了他們。於是我連一天兩小時的無謂的周旋，有時都不必作。自己在門窗洞開、陽光滿煦的屋子裏，或一角迴廊上，三歲的孩子似的，一邊忙忙的玩、一邊嗚嗚的唱。有時對自己說些極癡騃的話。休息時間內，偶然睡不著，就自己輕輕的爲自己唱催眠的歌——一切都完全，只沒有母親在我旁邊！

一切思想，也都照著極小的孩子的徑路奔放發展：每天臥在牀上，護士把我從屋裏推出廊外的時候，我仰視著她，心裏就當她是我的乳母，這牀是我的搖籃。我凝望天空，有三顆最明亮的星星。輕淡的雲，隱起一切的星辰的時候，只有這三顆依然吐著光芒。其中的一顆距那兩顆稍遠，我當他是我的大弟弟，因爲他稍大些，能夠獨立了。那兩顆緊挨著，是我的二弟弟和小弟弟。他兩個還小一點，雖然自己奔走遊玩，卻時時注意到其他的一個。總不敢遠遠跑開，他們知道自己的弱小，常常是守望相助。

這三顆星總是第一班從暮色中出來，使我最先看見；也是末一班在晨曦中隱去。在衆星之後，和我道聲：「暫別。」因此引起了我的愛憐繫戀，便白天也能憶起他們來。起先我有意在星辰的書上，尋求出他們的名字。

時至今日，我不想尋求了。我已替他們起了名字。他們的總名是「兄弟星」；他們各顆的名字，就是我的三個弟弟的名字。

小弟弟呵，
我靈魂中三顆光明喜樂的星。
溫柔的，
無可言說的，
靈魂深處的孩子呵！

——「繁星」四

如今重憶起來，不知是說弟弟，還是說星星——自此推想下去，靜美的月亮，

自然是母親了。我半夜醒來，開眼看見她，高高的在天上，如同俯著看我，我就欣慰，我又安穩的在她的愛光中睡去。早晨勇敢的燦爛的太陽，自然是父親了。他從對山的樹梢，雍容爾雅的上來，他又溫和又嚴肅的對我說：「又是一天了！」我就歡歡喜喜的坐起來，披衣從廊上走到屋裏去。

此外滿天的星宿，是我的一切親愛的人。這樣便同時愛了星星，也愛了許多姊妹朋友。——只有小孩子的思想是智慧的，我願永遠如此想，我也願永遠如此信！

窗外仍是狂風雨，我偶然憶起一首詩：題目是「小神祕家」，是Louis Untermeyer做的，我錄譯於下；不知當年母親和我坐守風雨的時候，我也曾說過這樣如癡如慧的話沒有？

THE YOUNG MYSTIC

We sat together close and warm, My little tired boy and I—
　　Watching across the evening sky
The coming of the storm.

No rumblings rose, no thunders crashed
The west-wind scarcely sang loud;
But from a huge and solid cloud
The summer lightning flashed,
And then he whispered 「Father, watch;」
I think God's going to light His moon——
「And when, my boy——oh! Very soon:
I saw Him strike a match!」

大意是：

我的困倦的兒子和我，
很暖和的相挨的坐著，
凝望著薄暮天空，

風雨正要來到。
沒有隆隆的雷響，
西風也不著意的吹；
只在屯積的濃雲中，
有電光閃爍。
這時他低聲對我說：「父親，看看；
我想上帝要點上他的月亮了——」
「孩子，什麼時候呢……」「呀，快了。
我看見他劃了取燈兒！」

風雨仍不止。山上的雪，雨打風吹，完全融化了。下午我還要寫點別的文字，我在此停住了。

母親，這封信我想也轉給小朋友們看一看，我每憶起他們，就覺得欠他們的債。途中通訊的碎稿，都在閉壁樓的空屋裏鎖著呢！她們正百計防止我寫字，我不

敢去向她們要。

我素不輕許願，無端破了一回例，遺我以日夜耿耿的心；然而爲著小孩子，對於這次的許願，我不曾有半星兒的追悔。只恨先忙後病的我對不起他們——無限的鄉心，與此信一齊收束起，母親，眞個不寫了，海外山上養病的女兒，祝您萬萬福！

一、十一．一九二四．青山．沙穰

我的小朋友：

黃昏睡起，閒步著繞到西邊迴廊上，看一個病的女孩子。站在她床前說著話兒的時候，抬頭看見松梢上一星朗耀，她說：「這是妳今晚第一顆見到的星兒，對她祝說妳的願望罷！」——同時她低低的度著一支小曲：

Star light
Star bright
First star I see tonight
Wish I may

Wish I might
Have the wish I wish to might

小朋友：這是一支極柔媚的兒歌。我不想翻譯出來。因爲童謠完全以音韻見長，一翻成中國字，念出來就不好聽，大意也就是她對我說的那兩句話——倘若你們自己能念，或是姊姊、哥哥、姑姑、母親，能教給你們念，也就更好——她說到此，我略不思索，我合掌向天說：「我願萬里外的母親，不太爲平安快樂的我憂慮！」

扣計今天或明天，就是我母親接到我報告抱病入山的信之日，不知大家如何商量談論、長吁短嘆，豈知無知無愁的我，正在此過起止水浮雲的生活來了呢！

去年十二月十九日，我寄給國內朋友一封信，我說：「沙穰療養院，冷冰冰的如同雪洞一般。我又整天的必須在朔風裏。你們圍爐的人，怎知我正在冰天雪地中，與造化掙命！」如今想起，又覺得那話說得太無謂、太怨望了，未曾聽見掙命有如今這般溫柔的掙法！

生、死、病、死是人生很重大而又不能避免的事。無論怎樣高貴偉大的人，對此切己的事，也絲毫不能為力。這時節只能將自己當作第三者，旁立靜聽著造化的安排。小朋友，我凝神看著造化輕舒慧腕，來安排我的命運的時候，我忍不住失聲讚嘆他的深思和玄妙。

往常一日幾次匆匆走過「慰冰湖」，一邊看晚霞、一邊心裏想著功課，偷閒划舟，抬頭望一望灩灩的湖波，低頭看滴答滴答消磨時間的手錶，心靈中真是太苦了。然而萬沒有整天的放下正事來賞玩自然的道理。造物者明明在上，看出了我的隱情，眉頭一皺，輕輕的賜與我一場病，這病乃是專以拋撇一切，遊泛於自然海中為治療的。

如今呢？過的是花的生活，生長於光天化日之下，微風細雨之中；過的是鳥的生活，游息於山巔水涯，寄身於上下左右空氣環圍的巢牀裏；過的是水的生活，自在的潺潺流走；過的是雲的生活，隨意的裊裊卷舒。幾十頁、幾百頁絕妙的詩和詩話，拿起來流水般當功課讀的時候，是沒有的了。如今不再幹那愚拙、煞風景的事。如今便四行、六行的小詩，也慢慢的拿起，反覆吟誦，默然深思。

我愛聽碎雪和微雨，我愛看明月和星辰。從前一切世俗的煩憂，占積了我的靈府。偶然一舉目，偶然一傾耳，便忙忙又收回心來，沒有一次任他奔放過。如今呢，我的心，我不知怎樣形容他，他如蛾出繭，如鷹翔空……

碎雪和微雨在簷上，明月和星辰在欄旁，不看他也得看，不聽也得聽，何況病中的我，應以他們爲第二生命。病前的我，願以他們爲第二生命而不能的呢？

這故事的美妙，還不止此，「一天還應在山上走幾里路」，這句話從滑稽式的醫士口中道出的時候，我不知應如何的歡呼、讚美他！小朋友，漫游的生涯，從今開始了！

山後是森林仄徑，曲曲折折的在日影掩映中引去，不知有多少遠近。我只走到一端，有大巖石處爲止。登在上面眺望，我看見滿山高高下下的松樹。每當我要縹緲深思的時候，我就走這一條路。獨自低首行來，我聽見乾葉枯枝，吱吱喳喳在樹巔相語。草上的薄冰，踏著沙沙有聲。這時節，林影沉蔭中，我凝然黯然，如有所感。

山前是一層層的大山地，爽闊空曠，無邊、無限的滿地朝陽。層場的盡處，就

是一個大冰湖，環以小山、高樹，是此間小朋友們溜冰處，我最喜在湖上如飛的走過。每逢我要活潑天機的時候，我就走這一條路。我沐著微暖的陽光，在樹根下坐地。舉目望著無際的耀眼生花的銀海。我想天地何其大，人類何其小。當歸途中冰湖在我足下溜走的時候，清風過耳，我欣然超然，如有所得。

三年前的夏日在北京西山，曾寫了一段小文字，我不十分記得了，大約是：

只有早晨的深谷中
可以和自然對語，
　　計劃定了
　　岩石點頭
　　草花歡笑。
造物者！
在我們星馳的前途，
路站上

再遙遙的安置下
幾個早晨的深谷！

原來，造物者爲我安置下的幾個早晨的深谷，卻在離北京數萬里外的沙穰。我何其「無心」，造物者何其「有意」？我還憶起，有「空谷足音」和杜甫「絕代有佳人，幽居在空谷」的一首詩，我翻來覆去的背誦，只憶得「絕代有佳人，幽居在空谷；自言良家子，零落依草木……摘花不插鬢，採柏動盈掬……天寒翠袖薄，日暮倚修竹。」這八句來。黃昏時又去了。那時想起的，有「前不見古人，後不見來者，念天地之悠悠，獨愴然而涕下」。歸途中又誦：「雲無心以出岫，鳥倦飛而知還。景翳翳以將入，撫孤松而盤桓。」小朋友，願你們用心讀古人書，他們常在一定的環境中，說出你心中要說的話！

春天已在雲中微笑，將臨到了。那時我更有溫柔的消息，報告你們。我逐日遠走開去，漸漸又發現了幾處斷橋流水。試想看，胸中無一事溜滯，日日南、北、東、西，試揭自然的簾幕，躡足走入仙宮……。這樣的病，這樣的人生，小朋友，

請爲我感謝，我的生命中是只有祝福，沒有詛咒！

休息的時候已到，臥看星辰去了。小朋友，我以無限歡喜的心，祝你們多福。

冰心　一、一五夜．一九二四．沙穰

●廣廳上，四面綠簾低垂。幾個女孩子，在一角窗前長椅上，低低笑語。一角話匣子裏奏著輕婉的提琴。我在當中的方桌上寫這封信。一個女孩子坐在對面為我畫像，她時時喚我抬頭看她。我聽一聽提琴和人家的笑語，一面心潮緩緩流動、一面時時停筆凝神。寫完時重讀一遍，覺得太無次序了，前言不對後語的。然而的確是歡樂的心泉流過的痕跡，不復整理，即付晚郵。

通訊 15

仁慈的小朋友：

若是在你們天大的愛心裏，還有空隙，我願介紹幾個可愛的女孩子，願你們加以憐念的！

M住在我的隔屋，是個天眞爛漫又是完全神經質的女孩子。稍大的驚和喜，都能使她受極大的刺激和擾亂。她臥病已經四年半了，至今不見十分差減。往往剛覺得好些，夜間熱度就又高起來，看完寒暑表，就聽得她伏枕嗚咽。她有個完全美滿的家庭，卻因病隔離了——我的童心，完全是她引起的。她往往坐在床上自己喃喃的說：「我父親愛我，我母親愛我，我愛……」我就傾耳聽她底下說什麼，她卻是說：「我愛我自己。」我不覺笑了，她也笑了，她的嬌憨淒苦的樣子，得了許多女

件的愛憐。

Ｒ又在Ｍ的隔屋。她被一切人所愛，她也愛了一切的人。又非常的技巧，用針、用筆，能做許多奇巧好玩的東西。這些日子，正跟著我學中國文字。我第一天教給她「天」、「地」、「人」三字。她說：「你們中國人太玄妙了，怎麼初學就念這樣高大的字？我們初學，只是『貓』、『狗』之類。」我笑了，又覺得她說的有理。她學得極快，口音清楚，寫的字也很方正。此外醫院中天氣表是她測量，星期日禮拜是她彈琴；病人閱看的報紙，是她照管；圖書室的鑰匙，也在她手裏。她短髮齊頸，愛好天然，她住院已經六個月了。

Ｅ只有十八歲，昨天是她的生日。她沒有父母，只有哥哥。十九個月前。她病得很重，送到此處。現在可謂好一點，但還是很瘦弱。她喜歡叫人「媽媽」或「姊姊」。她急切的想望人家的愛念和同情，卻又能隱忍不露，常常在寂寞中竭力的使自己活潑歡悅。然而每次在醫生注射之後，屋門開處，看見她埋首在高枕之中，宛轉流涕——這樣的華年，這樣的人生！

Ｄ是個愛爾蘭的女孩子，和我談話之間常常問我的家庭狀況，尤其常要提到我

的父親。我只是無心的問答。後來旁人告訴我，她的父親縱酒狂放，醉後時時虐待他的兒女，她的家庭生活，非常的淒苦不幸。她因躲避父親，和祖母住在一處，聽到人家談到親愛時，往往流淚。昨天我得到家書，正好她在旁邊，她似羨似歎的問道：「這是你父親寫的麼？多麼厚的一封信啊？」幸而她不認得中國字，我連忙說：「不是，這是我母親寫的，我父親很忙，不常寫信給我。」她臉紅微笑，又似釋然。其實每次我的家書，都是父母、弟弟每人幾張紙！我以爲人生最大的不幸，就是失愛於父母。我不能閉目推想，也不敢閉目揣想。可憐的帶病而又心靈負著重傷的孩子！

A住在院後一座小樓上。我先不常看見她。有一次在餐室內偶然回首，無意中，她朝我微微一笑，很長的睫毛之下。流著幽嫺貞靜的眼光，絕不是西方人的態度。出了餐室，我便訪到她的名字和住處。

那天晚上，在她的樓裏，談了半點鐘的話，驚心於她的靦腆與溫柔。談到海景，她竟贈我一張燈塔的圖畫。她來院已將兩年，據別人說沒有什麼起色。她終日臥在一角小廊上，廊前是曲徑深林，廊後是小橋流水。她告訴我每遇狂風暴雨，看

著淒清的環境，想到「人生」兩字，輒驚動不怡。我安慰她，她也感謝，然而彼此各有淚痕！

痛苦的人，豈止這幾個？限於精神，我不能多述了！

今早黎明即醒。曉星微光，萬松淡霧之中，我披衣起坐。舉眼望到廊的盡處，我凝注著短床相接，雪白的枕上，夢中轉側的女孩子，只覺得奇愁黯黯，橫空而來。生命中何必有愛，愛正是為這些人而有！這些痛苦的心靈，須要無限的同情與憐念。我一人究竟太微小了，仰禱上天之外，只能求助於萬里外的純潔偉大的小朋友！

小朋友！為著跟你們通訊，受了許多友人嚴峻的責問。責我不宜只以悱惻的思想，貢獻你們。小朋友不宜多看這種文字，我也不宜多寫這種文字。為小朋友和我兩方精神上的快樂與平安，我對於他們的忠告，只有慚愧感謝。然而人生不止歡樂滑稽一方面，病患與別離，只是帶著酸汁的快樂之果。沉靜的悲哀裏，含有無限的莊嚴。

偉大的人生中，是須要這種成分的。范仲淹說：「先天下之憂而憂。」佛說：「我不入地獄，誰入地獄？」何況這一切本是組成人生的原素。耳聞、眼見、身

經，早晚都要了解知道的，何必要隱瞞著可愛的小朋友？我偶然這半年來先經歷了這些事，和小朋友說說，想來也不是過分的不宜。

我比她們強多了，我有快樂美滿的家庭，在第一步就沒有摧傷思想的源路。我能自在遊行，尋幽訪勝，不似她們纏綿床褥，終日對著懨懨一角的青山。我橫豎已是一身客寄，在校、在山，都是一樣；有人來看，自然歡喜；沒有人來，也沒有特別的失望與悲哀。她們鄉關咫尺，卻因病拋離父母。親愛的人，每每因天風雨雪，山路難行，不能相見，於是怨嗟悲歎，整年、整月，置身於怨望痛苦之中，這樣的人生！

一而二、二而三的推想下去，世界上的幼弱病苦，又豈止沙穰一隅？小朋友，你們看見的，也許比我還多。扶持慰藉，是誰的責任？見此而不動心呵！空負了上天賦與我們的一腔熱烈的愛！

所以，小朋友，我們所能做到的：一朵鮮花、一張畫片、一句溫和的慰語、一回殷勤的訪問，甚至於一瞥哀憐的眼光。在我們是不覺得用了多少心，而在單調的枯苦生活，度日如年的病者，已是受了如天之賜。訪問已過，花朵已殘，在我們久

已忘卻之後；他們在幽閒的病榻上，還有無限的感謝、回憶與低徊！

我無庸多說，我病中曾受過幾個小朋友的贈與。在你們完全而濃烈的愛心中，投書餽送，都能錦上添花，做到好處。小朋友，我沒有言說，我只合掌讚美你們的純潔與偉大。

如今我請你們紀念的這些人，雖然都在海外。但你們憶起這許多苦孩子時，或許能以意會意、以心會心的體卹到眼前的病者。小朋友，**莫道萬里外的憐憫牽縈，沒有用處，「以偉大思想養汝精神！」日後幫助你們建立大事業的同情心，便是從這零碎的憐念中練達出來的。**

風雪的廊上，寫這封信，不但手冷，到此心思也凍凝了。無端拆閱了波士頓中國朋友的一封書，又使我生無窮的感慨。他提醒了我！今日何日，正是故國的歲除。紅燈綠酒之間，不知有多少盈盈的笑語。這裏卻只有寂寞風雪的空山……不寫了，你們的熱情忠實的朋友，在此遙祝你們有個完全歡慶的新年！

冰心　二、四・一九二四・沙穰

通訊 16

二弟冰叔：

接到你兩封冗長而誠摯的信，使我受了無限的安慰。是的！「從松樹隙間穿過的陽光，就是你弟弟問安的使者；晚上清涼的風，就是骨肉手足的慰語！」好弟弟，我喜愛而又感激你的滿含著詩意的安慰的話！

出乎意外的又收到你贈我的《歷代名人詞選》，我喜歡到不可言說。父親說恐怕我已有了，我原有一部《古今詞選》，放在閉璧樓的書架上了。可恨我一寫信要中國書，她們便有百般的阻攔推托。好像凡是中國書都是充滿著艱深的哲理，一看就費人無限的腦力似的。

不忍十分的違反她們的好意，我終於反覆的只看些從病院中帶來的短詩了。我

昨夜收到《詞選》，珍重的一頁一頁的看著，一面想：難得我有個知心的小弟弟。

這部詞，選得似乎稍偏於纖巧方面，錯字也時時發現。但大體說起來，總算很好。

你問我去國前後，環境中詩意那處更足！我無疑地要說：「自然是去國後！」在北京城裏，不能晨夕與湖山相對，這是第一條件。再一事，就是客中的心情，似乎更容易融會詩句。

離開黃浦江岸，在太平洋舟中，青天碧海，獨往獨來之間，我常常憶起「海水直下萬里深，誰人不言此離苦。」兩句。因爲我無意中看到同舟衆人，當倚欄俯視著船頭飛濺的浪花的時候，眉宇間似乎都含著悽惻的意緒。

到了威爾斯利，「慰冰湖」更是我的唯一的良友。或是水邊，或是水上，沒有一天不到的。母親壽辰的前一日，又到湖上去了，臨水起了鄉思，忽然憶起左輔的「浪淘沙」詞：

水軟櫓聲柔，草綠芳洲，碧桃幾樹隱紅樓；者是春山魂一片，昭入孤舟。

鄉夢不曾休，惹甚閒愁？忠州過了又涪州；擲與巴江流到海，切莫回頭！

覺得情景悉合，隨手拾起一片湖石，用小刀刻上，「鄉夢不曾休，惹甚閒愁？」兩句，遠遠地抛入湖心裏。自己便頭也不回的走轉來。這片小石，自那日起，我信他永住湖心，直到天地的盡頭。只要湖水不枯、湖石不爛，我的一片寄託此中的鄉心，也永古不能磨滅的！

美國人家，除城市外，往往依山傍水，小巧精緻，窗外籬旁，雜種著花草。眞合「是處人家，綠深門戶」詞意。只是沒有圍牆，空闊有餘，深邃不足。路上行人，隔窗可望見翠袖紅妝，可聽見琴聲笑語，詞中之「斜陽卻照深深院」、「庭院深深深幾許」、「不卷珠簾，人在深深處」、「牆內千秋牆外道」、「銀漢是紅牆，一帶遙相隔」等句，在此都用不著了！

田野間林深樹密。道路也依著山地的高下，曲折蜿蜒的修來，天趣盎然。想春來野花遍地之時，必是更幽美的。只是逾山越嶺的遊行，再也看不見一帶城牆僧寺。「曲徑通幽處，禪房草木深」、「花宮仙梵遠微微，月隱高城鐘漏稀」、「一

片孤城萬仞山」、「飲將悶酒城頭睡」、「長煙落日孤城閉」、「簾捲疏星庭戶悄，隱隱嚴城鐘鼓」等句，在此又都用不著了！

總之，在此處處是「新大陸」的意味，遍地看出鴻濛初闢的痕跡。國內一片蒼古莊嚴，雖然有的只是頹廢剝落的城垣宮殿，卻都令人起一種「仰首欲攀低拜首」之思，可愛可敬的五千年的故國呵！

回憶去夏南下，晨過蘇州。火車與城牆並行數里。城內溼煙濛濛，護城河裏繫著小舟，層塔露出城頭，竟是一幅圖畫。那時我已想到出了國門，此景便不能再見了！

說到山中的生活，除了看書、遊山，與女伴談笑之外，竟沒有別的日課。我家靈運公的詩，如「寢瘵謝人徒，絕跡入雲峯，巖壑寓耳目，歡愛隔音容」以及「昔余遊京華，未嘗廢丘壑，矧乃歸山川，心跡雙寂寞……臥疾豐暇豫，翰墨時間作，懷抱觀古今，寢食展戲謔……萬事難並歡，達生幸可託。」等句，竟將我的生活描寫盡了，我自己更不須多說！

又猛憶起杜甫的「思家步月清宵立，憶弟看雲白日眠」和蘇東坡的「因病得閒殊不惡，安心是藥更無方」，對我此時生活而言，直是一字不可移易！青山滿山是松、滿地是雪，月下景物清幽到不可描畫。晚餐後往往至樓前小立，寒光中自不免小起鄉愁。又每日午後三時至五時是休息時間，白天裏如何睡得著！自然只臥看天上雲起，尤往往在此時覆看家書，聯帶的憶到諸弟——冰仲怕我病中不能多寫通訊，豈知我病中較閒，心境亦較清，寫的倒比平時多。又我自病後，未曾用一點藥餌，眞是「安心是藥更無方」了。

多看古人句子，令自己少寫好些。一面欣與古人契合，一面又有「恨不踴身千載上，趁古人未說吾先說」之歎——說的已多了，都是你一部《詞選》，引我掉了半天書袋，是誰之過呢？一笑！

青山眞有美極的時候。二月七日，正是五天風雪之後，萬株樹上，都結上一層冰殼。早起極光明的朝陽從東方捧出，照得這些冰樹玉枝，寒光激射。下樓微步雪林中曲折行來。偶然回顧，一身自冰玉叢中穿過。小樓一角，隱隱看見我的簾幕。雖然一般的高處不勝寒，而此瓊樓玉宇，竟在人間，而非天上。

九日晨，同女伴乘雪橇出遊。隻馬飛馳，繞遍青山上下。一路林深處，冰枝拂

衣，脆折有聲。白雪壓地，不見寸土，竟是潔無纖塵的世界。最美的是冰珠串結在野櫻桃枝上，紅白相間。晶瑩向日，覺得人間珍寶，無此璀璨！

途中女伴遙指一髮青山，在天末起伏。我忽然想眞個離家遠了，連青山一髮，也不是中原了。此時忽覺悠然意遠——弟弟！我平日總想以「眞」爲寫作的惟一條件，然而算起來，不但是去國以前的文字不「眞」，就是去國以後的文字，也沒有盡「眞」的能事。

我深確的信不論是人情、是物景，到了「盡頭」處，是萬萬說不出來、寫不出來的。縱然幾番提筆、幾番欲說，而語言文字之間；只是搜尋不出配得上形容這些情緒景物的字眼，結果只是擱筆、只是無言。十分不甘泯滅了這些情景時，只能隨意描摹幾個字，稍留些印象。甚至於不妨如古人之結繩記事一般，胡亂畫幾條墨線在紙上。只要他日再看到這些墨跡時，能在模糊縹緲的意境之中，重現了一番往事，已經是滿足有餘的了。

去國以前，文字多於情緒。去國以後，情緒多於文字。環境雖常是清麗可寫，而我往往寫不出。辛棄疾的一支「醜奴兒」說：

少年不識愁滋味，愛上層樓，愛上層樓，為賦新詞強說愁。
而今識得愁滋味，欲說還休，欲說還休，卻道天涼好個秋。

眞看得我寂然心死，他雖只說「愁」字，然已蓋盡了其他種種一切——眞不知文字、情緒不能互相表現的苦處，受者只有我一個人，或是人人都如此？

北京諺語說：「八月十五雲遮月，正月十五雪打燈。」去年中秋，此地不曾有月。陰曆十四夜，月光燦然。我正想東方諺語，不能適用於西方天象，誰知元宵夜果然雨雪霏霏。十八夜以後，夜夜夢醒見月。只覺空明的枕上，夢與月相續。最好是近兩夜，醒時將近黎明，天色碧藍，一弦金色的月，不遠對著弦月凹處，懸著一顆大星。萬里無雲的天上，只有一星一月，光景眞是奇麗。

元夜如何？——聽說醉司命夜，家宴席上，母親想我難過。你們幾個兄弟倒會一人一句的笑語慰藉，眞是燈草也成了拄杖了！喜笑之餘，並此感謝。

紙已盡，不多談——此信我以爲不妨轉小朋友一閱。

冰心　三、一・一九二四・青山，沙穰

通訊 17

小朋友：

健康來復的路上，不幸多歧，這幾十天來懶得很；雨後偶然看見幾朵濃黃的蒲公英，在勻整的草坡上閃爍，不禁又憶起一件事。

一月十九晨，是雪後濃陰的天。我早起遊山，忽然在積雪中，看見了七、八朵大開的蒲公英。我俯身摘下，握在手裏——眞不知這平凡的草卉，竟與梅菊一樣的耐寒。

我回到樓上，用條黃絲帶將這幾朵綴將起來，編成王冠的形式。人家問我做什麼，我說：「我要爲我的女王加冕。」說著就隨便的給一個女孩子載上了。

大家歡笑聲中，我只無言的臥在床上——我不是爲女王加冕，竟是爲蒲公英加晃了。蒲公英雖是我最認識的一種草花，但從來是被人輕忽，從來是不上美人頭的，今日因著情不可卻，我竟讓她在美人頭上，照耀了幾點鐘。

蒲公英是黃色、疊瓣的花，很帶著菊花的神意，但我也不曾偏愛她，我對於花卉是普遍的愛憐。雖有時不免喜歡玫瑰的濃郁，和桂花的清遠。而在我憂來無方的時候，玫瑰和桂花也一樣的成糞土。在我心情怡悅的一剎那頃，高貴清華的菊花，也不能和我手中的蒲公英來佔奪位置。

世上的一切事物，只是百千萬面大大小小的鏡子，重重對照，反射又反射，於是世上有了這許多璀璨輝煌、虹影般的光彩。沒有蒲公英，顯不出雛菊。沒有平凡，顯不出超絕；而且不能因爲大家都愛雛菊，世上便消滅了蒲公英。不能因爲大家都敬禮超人，世上便消滅了庸碌。即使這一切都能因著世人的愛悅而生滅；只恐到了滿山滿谷都是菊花和超人的時候，菊花的價值，反不如蒲公英；超人的價值，反不及庸碌了。

所以世上一物有一物的長處，一人有一人的價值。我不能偏愛，也不肯偏悅。悟到萬物相襯托的理，我只願我心如水，處處相平。我願菊花在我眼中，消失了她

的富麗堂皇，蒲公英也解除了她的侷促羞澀，博愛的極端，翻成淡漠。但這種普遍淡漠的心，除了博愛的小朋友，有誰知道？

書到此，高天蕭然，樓上風緊得很，再談了，我的小朋友！

冰心　五、九．一九二四．沙穰療養院

18

小朋友：

久違了，我親愛的小朋友！記得許多日子不曾和你們通訊，這並不是我的本心，只因寄回的郵件，偶有遲滯遺失的時候。我覺得病中的我，雖能必寫，而萬里外的你們，不能必看。醫生又勸我盡量休息，我索性就歇了下去。

自和你們通信，我的生涯中非病即忙。如今不得不趁病已去，忙未來之先，寫一封長信給你們，補說從前許多的事。

願意我從去年說起麼？我知道小朋友是不厭聽舊事的。但我也不能得十分詳細，只能就模糊記憶所及，說個大概。無非要接上這條斷鍊。否則我忽然從神戶飛到威爾斯利來，小朋友一定覺得太突兀了！

一九二三年八月二十日．神戶

二十早晨，就同許多人上岸去。遠遠的看見錨山上那個青草栽成的大錨，壓在半山，青得非常的好看。

神戶街市和中國的差不多。兩旁的店鋪，卻比較的矮小。窗戶間陳列的玩具和兒童的書，五光十色，極其奪目。許多小朋友圍著看。日本小孩子的衣服，比我們的華燦，比較引入注意。他們的圓白的小臉、烏黑的眼珠、濃厚的黑髮，襯映著十分可愛。

幾個山下的人家，十分幽雅。木牆竹窗，繁花露出牆頭，牆外有小橋流水——我們本想上山去看雌雄兩谷——是兩處瀑布。往上走的時候，遇見奔走下山的船上的同伴，說時候已近了。我們恐怕船開，只得回到船上來。

上岸時，大家紛紛到郵局買郵票寄信。神戶郵局被中國學生塞滿了。牽不斷的離情！離國剛三日，便有這許多話要同家人、朋友們說麼？

回來有人戲笑著說：「白話有什麼好處？我們同日本人言語不通，說英文有的人又不懂。寫字罷，問他們：『那裏最熱鬧？』他們瞠目莫知所答。問他們：『何處最繁華？』卻都恍然大悟，便指點我們以熱鬧的去處，你看！」我不覺笑了。

二十一日．橫濱

黃昏時已近橫濱。落日被白雲上下遮住，竟是朱紅的顏色，如同一盞日本的紅紙燈籠，——這原是聯想的關係。

不斷的山，倚欄看著也很美。此時我曾用幾個盛快鏡膠片的錫筒，裝了幾張小紙條，封了口，投下海去，任他飄浮。紙上我寫著：

「不論是那個漁人撿著，都祝你幸運。我以東方人的至誠，祈神祝福你，東方水上的漁人！」

以及：「我欲乘風歸去，又恐瓊樓玉宇，高處不勝寒！」等等的笑話。

到了橫濱，只算是一個過站，因爲我們一直便坐電車到東京去。我們先到中國青年會，以後到一個日本飯店吃日本飯。那店名彷彿是「天香館」，也記不清了。脫鞋進門，我最不慣，大家都笑個不住。侍女都亦足。和她們說話又不懂，只能相

視一笑。席地而坐，仰視牆壁窗戶，都是木板的，光滑如拭。窗外陰沉，潔淨幽雅得很。我們只吃白米飯、牛肉、乾粉、小菜，很簡單的，飯菜都很硬，我只吃一點就放下了。

飯後，就下了很大的雨，但我們的遊覽，並不因此中止，卻也不能從容，只汽車從雨中飛馳，如日比谷公園、靖國神社、博物館等處，匆匆一過。只覺得遊了六、七個地方，都是上樓下樓，入門出門，一點印象也留不下。走馬看花、霧裏看花，都是看不清的，何況雨中馳車，更不必說了。我又有點發熱，冒雨更不可支，沒有心力去流覽，只有兩處，我記得很眞切。

一是二重橋皇宮。隆然的小橋，白石的欄杆，一帶河流之後，立著宮牆。忙中的腦筋，忽覺清醒。我走出車來拍照，遠遠看見警察走來，知要干涉，便連忙按一按機，又走上車去。——可惜是雨中照的，洗不出風景來。但我還將這膠片留下。聽說地震後皇宮也頹壞了，我竟得於災前一瞥眼，可憐焦土！

還有就是遊館中的戰勝紀念品，和壁上的戰爭的圖畫，周視之下，我心中軍人之血，如泉怒沸。小朋友，我是個弱者，從不曾抑制我自己感情之波動。我是沒有

主義的人，更顯然的不是國家主義者，我雖那時竟血沸頭昏，不由自主的坐了下去。但在同伴紛紛歎恨之中，我仍沒有說一句話。

我十分歉疚，因爲我對你們述說這一件事。我心中雖豐富的帶著軍人之血，而我常是喜愛日本人，我從來不存著什麼屈辱與仇視。只是爲著「正義」，我對於人類欺壓人類的事，似乎不能忍受！

我自然愛我的弟弟，我們原是同氣連枝的。假如我有吃不了的一塊糖餅，他和我索要時，我一定含笑的遞給他。但他若逞強，不由分說的向我爭奪；爲著「正義」、爲著引導他走「公理」的道路；我就要奮然的、懷著滿腔的熱愛來抵禦，拼碎此餅而不惜！

請你們饒恕我，對你們說這些神經興奮的話！讓這話在你們心中旋轉一周罷，說給別人我擔著驚怕，說給你們，我卻千放心、萬放心，因爲你們自有最天眞、最聖潔的斷定。

五點鐘的電車，我們又回到橫濱舟上。

二十三日・舟中

發燒中又冒雨，今天覺得不舒服。同船的人大半都上岸去，我自己坐著守船。甲板上獨坐，無頭緒的想起昨天車站上的繁雜的木屐聲，和前天船上禮拜，他們唱的：「上帝保佑我母親」之曲，心緒很雜亂不寧。日光又熱，下看碼頭上各種小小的貿易，人聲嘈雜，覺得頭暈。

同伴們都回來了，下午船又啓行。從此漸漸的不見東方的陸地了，再到海的盡頭，再見陸地時，人情、風土都不同了，爲之悵然。

曾在此時，匆匆的寫了一封信，要寄與你們，寫完匆匆的拿著走出艙來，船已徐徐離岸，「此誤又是十餘日了！」我黯然的將此信投在海裏。

那夜夢見母親來，摸我的前額，說：「熱得很——吃幾口藥罷。」她手裏端著藥杯叫我喝。我見那藥是黃色的水，一口氣的喝完了，夢中覺得是橘汁的味兒。醒來只聽得圓窗外海風如吼，翻身又睡著了。第二天熱便退盡。

二十四日以後・舟中

四圍是海的舟島生活，很迷糊恍惚的，不能按日記事了，只略略說些罷。

同行二等、三等艙中，有許多自俄赴美的難民，男女老幼約有一百多人。俄國人是天生的音樂家，每天夜裏，在最高層上，靜聽著他們在底下彈著琴兒。在海波聲中，那琴調更是淒清錯離，如泣如訴。同是離家去國的人呵，縱使我們不同文字、不同言語、不同思想，在這淒美的快感裏，戀別的情緒，已深深的交流了！

那夜月明，又聽著這琴聲，我遲遲不忍下艙去。披著氈子在肩上，聊禦那泱泱的海風。船兒只管乘風破浪的一直的走，走向那素不相識的他鄉。

琴聲中的哀怨，已問著我們，這般辛苦的載著萬斛離愁同去同逝，爲名？爲利？爲著何來？「問君何事輕離別，一年能幾團圓月！」我自問已無話可答了！若不是人聲笑語從最高層上下來，攪碎了我的情緒，恐怕那夜我要獨立到天明！

同伴中有人發起聚斂食物果品，贈給二等、三等艙裏那些窮苦旅客的孩子。我們從中國學生及別的乘客之中，收聚了好些，拿著送下二等、三等艙去。他們中間

小孩子很多，女伴們有時抱幾個小的上來玩，極其可愛。但有一次，因此我又感到哀戚與不平。

有一個孩子，還不到兩歲光景，最爲嬌小乖覺。他原不肯叫我抱，好容易用糖和餅，和發響的玩具，慢慢的哄了過來。他和我熟識了，放下來在地下走，他從軟椅中間，慢慢走去，又回來撲到我的膝上。我們正在嬉笑，一抬頭，他父親站在廣廳的門邊。想他不能過五十歲，而他的白髮和臉上的皺紋，歷歷的寫出了他生命顚頓與不幸，看去似乎不止六十歲了。他注視著他的兒子，那雙慈憐的眼光中，竟若含著眼淚。

小朋友，從至情中流出的眼淚，是世界上最神聖的東西；晶瑩的含淚的眼，是最莊嚴尊貴的畫圖！每次看見處女或兒童，悲哀或義憤的淚眼；婦女或老人，慈祥和憐憫的淚眼；兩顆瑩瑩欲墜的淚珠之後，竟要射出凜然的神聖的光！小朋友，我最敬畏這個，見此時往往使我不敢抬頭！

這一次也不是例外，我只低頭扶著這小孩子走，頭等艙中的女看護——是看護暈船的人們的——忽然也在門邊發見了。她冷酷的目光，看著那俄國人。說：「是

誰讓你到頭等艙裏來的，走，走，快下去！」

這可憐的老人踧踖了。無主倉皇的臉，勉強含笑，從我手中接過小孩子來。以屈辱、抱歉的目光，看一看那看護，便抱著孩子疲緩的從扶梯下去。

是誰讓他來的？任一個慈愛的父親，都不肯將愛子交付給一個陌生人，他是上來照應他的兒子的。我抱上這孩子來，卻不能讓庇他的父親！我心中忽然非常的抑塞不平。只注視著那個胖大的看護，我臉上定不是一種怡悅的表情，而她卻服罪的看我一笑。我四顧這廳中還有許多人，都像不在意似的。我下艙去。晚餐桌上，我終席未曾說一句話！

中國學生開了兩次的遊藝會，都曾向船主商量要請些俄國人上來和我們同樂，但都被船主拒絕了。可敬的中國青年，不願以金錢為享受快樂的界限，動機是神聖的。結果雖毫不似預想，而大同的世界，原是從無數的嘗試和奮鬥中得來的！

約克遜船中的侍者，完全是中國廣東人，這次船中頭等乘客十分之九是中國青年，足予他們以很大的喜悅。最可敬的是他們很關心於船上美國人對於中國學生的輿論。船抵西雅圖之前一兩天，他們曾用全體名義，寫一篇勉勵中國學生為國家爭

氣的話，揭帖在甲板上。文字不十分通順，而詞意眞摯異常，我只記得一句：是什麼「飄洋過海廣東佬」，是訴說他們自己的飄流，和西人的輕視。中國青年自然也很懇摯的回了他們一封信。

海上看不見什麼，看落日其實也夠有趣的了，不過這很難描寫。我看見飛魚，背上兩隻蝗蟲似翅膀，我看見兩隻大鯨魚，看不見魚身，只遠遠看見他們噴水。

此外還有什麼可說的呢，船上生活，只像聚冬令會、夏令會一般。許多同伴在一起，走來走去，總是不出船的範圍。除了幾個遊藝會、演說會之外，談談話、看看海、寫寫信，一天一天的漸漸過盡了。

橫渡太平洋之間，平空多出一日，就是有兩個八月二十八日。自此以後，我們所度的白日，和故國的不同了！鄉夢中的鄉魂，飛回故國的時候，我們的家人骨肉，正在光天化日之下，忙忙碌碌。別離的人！連魂來魂往，都不能相遇麼？

九月一日之後

早晨抵維多利亞（Victoria）又看見陸地了。感想紛起！那日早晨的海上日出，美到極處。海鷗群飛，自小島邊，綠波之上，輕輕的蕩出小舟來。一夜不曾睡好，海風一吹，覺得微微悵惘。船上已來了攝影的人，逼我們在烈日下坐了許久，又是國旗、又是國歌的鬧了半日。到了大陸上，就又有這許多世事！

船徐徐泛入西雅圖（Seattle）碼頭上許多金髮的人，和登舟之日，眞是不同了！大家匆匆的下得船來，到扶橋邊，回頭一望，約克遜號郵船凝默的泊在岸旁，我無端黯然！從此一百六十幾個青年男女，都成了飄泊的風萍。也是一番小小的酒闌人散！

西雅圖是三山、兩湖圍繞點綴的城市。連街衢的首尾，都起伏不平，而景物極清幽。這城五十年前還是荒野，如今竟修整得美好異常，可覘國民元氣之充足。

匆匆的遊覽了湖山，赴了幾個歡迎會，三號的夜車，便向芝加哥出發。

這串車是專爲中國學生預備的，車上沒有一個外人，只聽得處處鄉音。

九月三日以後

最有意思的是火車經過落磯山，走了一日。四面高聳的亂山，火車如同一條長

蛇，在山半徐徐蜿蜒。這時車後掛著一輛敞車，供我們坐眺，看著巍然的四圍青巒的崖石，使人感到自己的渺小，我總覺得看山比看水滯澀些，情緒很抑鬱的。

途中無可記，一站站風馳電掣的過去，更留不下印象。只是過密西西比（Mississippi）河橋時，微月下覺得很玲瓏偉大。

七日早到芝加哥（Chicago），從車站上就乘車出遊。那天陰雨，只覺得滿街汽油的氣味。街市繁盛多見黑人。經過幾個公園和花屋，是較清雅之處，綠意迎人。我終覺得芝加哥不如西雅圖。而芝加哥的空曠處，比北京還多些青草！

夜住女青年會幹事舍。夜中微雨，落葉打窗，令我憮然，寄家一片，我說：「幾片落葉，報告我以芝加哥城裏的秋風！今夜曾到電影場去，燈光驟明時，大家紛紛立起。我也想回家去，猛覺一身萬里，家還在東流的太平洋水之外呢！」

八日晨又匆匆登車，往波士頓出發。這時才感到離羣。這輛車上除了我們三個中國女學生外，都是美國人了。

仍是一站一站匆匆的過去，不過此時窗外多平原，有時看見山畔的流泉，穿過山石野樹之間，其聲潺潺。

九日近午，到了春田市（Spring field）時，連那兩個女伴也握手下車去。小朋友，從太平洋西岸，繞到大西洋西岸的路程之末。女伴中只剩我一人了！

九月九日以後

九日午，到了所謂美國文化中心的波士頓（Boston）。半個多月的旅行，才略告休息。

在威爾斯利大學（Wellesley College）開學以前，我還旅行了三天，到了綠野（Green field）春田市等處，參觀了幾個男女大學。如侯立歐女子大學（Holyoke College）、史密斯女子大學（Smith College）、依默荷司特大學（Amherst College）等，假期中看不見什麼，只看了幾座偉大的學校建築。

途中我讚美了美國繁密的樹林，和平坦的道路。

麻薩諸塞（Massachusetts）多湖，我尤嘉在湖畔馳車。樹影中湖光掩映，極其明媚。又有一天到了大西洋岸，看見了沙灘上遊戲的孩子和海鷗，回來做了一夜的童年的夢。的確的，上海登舟，不見沙岸，神戶、橫濱停泊，不見沙岸；西雅圖

終，也不見沙岸。這次的海上，對我終是陌生的。反不如大西洋岸旁之一瞬，層層捲蕩的海波，予我以最深的回憶與傷神！

九月十七日以後——威爾斯利

從此過起了異鄉的學校生活。雖只過了兩個多月，而「慰冰湖」及新的環境和我靜中常起的鄉愁；將我兩個多月的生涯，裝點得十分浪漫。

說也湊巧，我住在閉璧樓（Beebe Hall），閉璧樓和海竟有因緣！這座樓是閉璧約翰船主（Captain John Beebe）捐款所築。因此廳中，及招待室、甬道等處，都懸掛的是海的圖畫。初到時久不得家書，上下樓之頃，往往呆立在平時堆積信件的桌旁。望了無風起浪的畫中的海波，聊以安慰自己。

學校如同一座花園，一個個學生便是花朵。美國女生的打扮，確比中國的美麗，衣服顏色異常的鮮艷，在我這是很新穎的。她們的性情也活潑好交，不過交情更浮泛一些，這些天然是「西方的」！

功課的事，對你們說很無味。其餘的以前都說過了。

小朋友，忽忽又已將周年，光陰過得何等的飛速！明知管寫這些事時，要引起我的惆悵，但爲著小朋友，我是十分情願。而且不久要離此，在重受功課的束縛以前，我想到別處山陬海角，過一過漫遊流轉的生涯，以慰我半年閉居的悶損。趁此寧靜的山中，只憑回憶，理清了欠你們的信債。敘事也許不眞不詳，望你們體諒我是初癒時的心思和精神，沒有輕描淡寫的力量。

此外曾寄「山中雜記」十則，與我的弟弟。想他們不久就轉給你們。再見了，故國故鄉的小朋友！再給你們寫信的時候，我想已不在青山了。

願你們平安！

冰心　六、二十八・一九二四・沙穰

通訊19

小朋友：

離青山已將十日了，過了這些天湖海的生涯，但與青山別離之情，不容不告訴你。

美國的佳節，被我在病中過盡了！七月四號的國慶日，我還想在山中來過。山中自然沒有什麼，只兒童院中的小朋友，於黃昏時節，曾插著紅、藍、白三色的花，戴著彩色的紙帽子，舉著國旗，整隊出到山上遊行，口裏唱著國歌。從我們樓前走過的時候，我們曾鼓掌歡迎他們。

那夜大家都在我樓上話別，只是黯然中的歡笑——睡下的時候，我忽然覺得上下的衾單上，滿了石子似的多刺的東西。拿出一看，卻是無數新生的松子，幸而針

刺還軟，未曾傷我，我不覺失笑。我們平時，戲弄慣了，在我行前之末一夜，她們自然要儘量的使一下促狹。

大家笑著都奔散了。我已覺倦，也不追逐她們，只笑著將松子紛紛的都掠在地下。衾枕上有了松枝的香氣！怪不得她們促我早歇，原來還有這一齣喜劇！我臥下，只不曾睡。看著沙穰村中噴起一叢一叢的煙火，紅光燭天，今天可聽見鞭炮了，我爲之怡然。

第二天早起，天氣微陰。我絕早起來，悄然的在山中周行。每一棵樹、每一叢花、每一個地方，有我埋存手澤之處，都予以極誠懇愛憐之一瞥。山亭及小橋流水之側，和萬松參天的林中，我曾在此流過鄉愁之淚，曾在此有清晨之默坐與誦讀，有夫人屐（Lady Slipper）和露之採擷，曾在此寫過文章與書函。沙穰在我，只覺得瀰漫了閒散天眞的空氣。

黃昏時之一走，又賺得許多眼淚。我自己雖然未曾十分悲慘，也不免黯然。女伴們雁行站在門邊，一一握手。紛紛飛揚的白巾之中，聽得她們搖鈴送我。我看得見她們依稀的淚眼。人生奈何到處是離別？

車走到山頂，我攀牕回望，綠叢中白色的樓屋，我的雪宮，漸從斜陽中隱過。病因緣從今斬斷，我倏忽的生了感謝與些些「來日大難」的悲哀！

我曾對朋友說，沙穰如有一片水，我對她的留戀，必不止此。而她是單純眞樸，她和我又結的是護持調理的因緣。彷彿說來，如同我的乳母。我對她之情，深不及母親，柔不及朋友，但也有另一種自然的感念。

沙穰還澈底的予我以幾種從前未有的經驗如下：

第一是「弱」。絕對的靜養之中，眠食稍一反常，心理上稍有刺激，就覺得精神全隳，溫度和脈躍都起變化。我素來不十分信「健康之精神寓於健康之身體」，尤往往從心所欲，過度勞乏了我的身軀。如今理會得身心相關的密切，和病弱擾亂了心靈的安全，我便心悅誠服的聽從了醫生的指揮。結果我覺得心力之來復，如水徐升。小朋友中有偏重心靈方面之發展與快意的麼？望你聽我，不蹈此覆轍！

第二是「冷」。冷得眞有趣！更有趣的是我自己毫不覺得，只看來訪的朋友們的瑟縮寒戰，和他們對於我們風雪中戶外生活之驚奇，纔知道自己的「冷」。冷到時只覺得一陣痲木，眼珠也似乎在凍著。雙手互握，也似乎沒有感覺。

然而我願小朋友聽得見我們在風雪中的歡笑！凍凝的眼珠，還是看書；沒有感覺的手，還在寫字。此外雪中的拖雪橇，逆風的遊行，松樹都彎曲著俯在地下，我們的臉上也戴著一層雪面具。自膝以下埋在雪裏，四望白茫茫之中，我要驕傲的說：「好的呀！三個月絕冷的風雪中驅馳，我比你們溫爐暖屋，『雪深三尺不知寒』的人，多練出一些勇敢！」

夜中月明，寒光浸骨，雙頰如抵冰塊。月下的景物都如凝住，不能轉移。天上的冷月凍雲，眞冷得璀璨。重衾如鐵，陳自己骨和肉有暖意外，天上人間四圍一切都是冷的。我何等的願在這光景之中呵，我以為惟有魚在水裏可以比擬。

睡到天明，衾單近呼吸呵氣處都凝成薄冰。抓衾起坐，雪紛紛墜，薄冰也迸折有聲。眞有趣呵，我了解「紅淚成冰」的詞句了。

第三是「閒」。閒得卻有時無趣，但最難得的是永遠不預想明日如何。我們的生活如印板文字，全然相同的一日一日的悠然過去。病前的苦處，是「預定」。往往半個月後的日程，早已安排就序。生命中，豈容有這許多預定，亂人心曲？西方

人都永遠在預定中過生活。終日匆匆忙忙的，從容宴笑之間，往往有「心焉不屬」的光景。我不幸也曾陷入這種漩渦！沙穰的半年，把「預定」兩字，輕輕的從我的字典中刪去，覺得有說不出的愉快。

「閒」又予我以寫作的自由，想提筆就提筆，想擱筆就擱筆。這種流水行雲的寫作態度，是我一生所未經，沙穰最可紀念處也在此！

第四「愛」與「同情」。我要以最莊肅態度來敘述此段。同情和愛，在疾病憂苦之中，原來是這般的重大而慰藉！我從來以爲同情是應得的，愛是必得的，便有一種輕藐與忽視。然而此應得與必愛，只限於家人骨肉之間。因爲家人骨肉之愛，是無條件的，換一句話，是以血統爲條件的。

至於朋友、同學之間，同情是難得的，愛是不可必得的，幸而得到，那是施者自己人格之偉大！此次久病客居，我的友人的餽送慰問，風雪中殷勤的來訪，顯然的看出不是敷衍、不是勉強，至於泛泛一面的老夫人們，手抱著花束，和我談到病情、談到離家萬里，我還無言，她已墜淚。這是人類之所以爲人類，世界之所以成世界呵！我一病何足惜！病中看到人所施於我，病後我知何以施以人。一病換得了

「施於人」之道，我一病眞何足惜！

「同病相憐」這一句話，何等眞切？院中女伴的互相憐惜、互相愛護的光景，都使人有無限之讚歎！一個女孩子體溫之增高，或其他病情上之變化，都能使全院女伴起了吁嗟。

病榻旁默默的握手，慰言已盡，而哀憐的眼裏，盈盈的含著同情悲憫的淚光！來從四海，有何親眷？只一縷病中愛人愛己、知人知己之哀情，將這些異國異族的女孩兒親密的連在一起。誰道愛和同情，在生命中是可輕藐的呢？

愛在右，同情在左，走在生命路的兩旁。隨時撒種，隨時開花，將這一徑長途，點綴得香花瀰漫。便穿枝拂葉的行人，踏著荊棘，不覺得痛苦，有淚可落，也不是悲涼。

初病時，曾戲對友人說：「假如我的死能演出一齣悲劇，那我的不死，我願能演一齣喜劇！」在衆生的生命上撒下愛和同情的種子，這是否演出喜劇呢，我能於此下深思了！

總之，生命路愈走愈遠，所得的也愈多。我以爲領略人生，要如滾針氈，用血肉之軀去遍挨遍嘗，爲他針針見血！離合悲歡，不盡其致時，覺不出生命的神祕和偉大。我所經歷眞不足道！且喜此關一過，來日方長，我所能告訴小朋友的，將來或不止此。

屋中有書三千卷，琴五、六具，彈的撥的都有，但我至今未曾動它一動。與水久別，此十日中我自然儘量的過湖畔海邊的生活。水上歸來，只低頭學繡，將在沙穰時淘氣的精神，全部收起。我原說過，只有無人的山中，容得童心的再現呵！

大西洋之遊，還有許多可紀。寫的已多了，留著下次說罷。祝你們安樂！

冰心　七、十四・一九二四・默特佛

通訊 20

小朋友：

水畔馳車，看斜陽在水上潑散出的閃爍的金光。晚風吹來，春衫嫌薄。這種生涯，是何等的宜於病後呵！

在這裏，出遊稍遠便可看見水。曲折行來，道滑如拭，重重的樹陰之外，不時倏忽的掩映著水光。我最愛的是玷池（Spot Pond），稱她爲「池」，眞太委屈了，她比小的湖還大呢！——有三、四個小島在水中央，上面隨意地長著小樹。池四圍是叢林，綠意濃極。每日晚餐後我便出來遊散。緩馳的車上，湖光中看遍了美人芳草——眞是「水邊多麗人」。

看三三兩兩成群攜手的人兒，男孩子都去領捲袖。女孩子穿著顏色極明豔的夏

衣，短髮飄拂；輕柔的笑聲，從水面、從晚風中傳來，非常的浪漫而瀟洒。到此猛憶及曾皙對孔子言志，在「暮春者」之後，「浴乎沂風乎舞雩」之前，加上一句「春服既成」，遂有無限的飄揚態度，眞是千古雋語！

此外的如玄妙湖（Mystic Lake）、偵池（Spy Pond）、角池（Horn Pond）等處，都是很秀麗的地方。大概湖的美處在「明媚」。水上的輕風，皺起萬疊微波。湖畔再有芊芊的芬草，再有青青的樹林；有平坦的道路，有曲折的白色欄杆，黃昏時便是天然的臨眺乘涼的所在。

湖上落日，更是絕妙的畫圖。夜中歸去，長橋上兩串徐徐互相往來移動的燈星，顆顆含著涼意。若是明月中天，不必說，光景尤其宜人了！

前幾天遊大西洋濱岸（Revere Beach）沙灘上遊人如蟻。或坐、或立、或弄潮爲戲，大家都是穿著泅水衣服。沿岸三里的遊藝場，樂聲渢渢，人聲嘈雜。小孩子們都在鐵馬、鐵車上，也有空中旋轉車，也有小飛艇，五光十色的。機關一動，都紛紛奔馳，高舉凌空。我看那些小朋友們都很歡喜得意的！

這裏成了「人海」。如蟻的遊人，蓋沒了浪花。我覺得無味。我們捩轉車來，

直到納罕特（Nahant）去。漸漸的靜了下來。還在樹林子裏，我已迎到了冷意侵人的海風。再三四轉，大海和岩石都橫到了眼前！

這是海的眞面目呵！浩浩萬里的蔚藍無底的洪濤，壯麗的海風，蓬蓬的吹來，帶著腥鹹的氣味。在聞到腥鹹的海味之時，我往往憶及童年拾卵貝殼的光景，而驚歎海之偉大。在我抱肩迎著吹人欲折的海風之時，纔了解海之所以爲海，全在乎這不可禦的凜然的冷意。

在嶙峋的大海石之間，岩隙的樹陰之下，我望著卵巖（Egg Rock），也看見上面白色的燈塔。此時靜極，只幾處很精緻的避暑別墅，悄然的立在斷岩之上。悲壯的海風，穿過叢林，似乎在奏「天風海濤」之曲。支頤凝坐，想海波盡處，是羣龍見首的歐洲，我和平的故鄉，比這可望不可即的海天還遙遠呢？

故鄉沒有明媚的湖光、故鄉沒有汪洋的大海、故鄉沒有葱綠的樹林、故鄉沒有連阡的芳草。北京只是塵土飛揚的街道、泥濘的小胡同、灰色的城牆、流汗的人力車夫的奔走。我的故鄉、我的北京，是一無所有！

小朋友，我不是一個樂而忘返的人，此間縱是地上的樂園，我卻仍是「在

客」。我寄母親信中曾說：

「……北京似乎是一無所有——北京縱是一無所有，然已有了我的家。有了我的愛，便是有了一切！灰色的城圍裏，住著我最寶愛的一切的人。飛揚的塵土呵，何容我再嗅著故鄉的香氣……」

易卜生曾說過：「海上的人，心潮往往和海波一般的起伏動盪。」而那一瞬間靜坐在岩石上的我的思想，比海波尤加一倍的起伏。海上的黃昏星已出，海風似在催我歸去。

歸途中很悵惘。只是還買了一筐新從海裏捨出的蛤蜊。當我和車邊赤足捧筐的孩子問價時，他仰著通紅的小臉笑向著我。他豈知我正默默的爲他祝福，祝福他終身享樂此海上拾貝的生涯！

談到水，又憶起「慰冰湖」來，那天送一位日本朋友回南那提克（South Natick）去，道經威爾斯利。車馳穿校址，我先看見聖卜生療養院，門窗掩閉的凝立在山上。

想起此中三星期的小住，雖仍能微笑，我心實淒然不樂。再走已見了「慰冰湖」上閃爍銀光，我只向她一瞥眼。閉璧樓塔院等等也都從眼前飛過。年前的舊夢重尋，中間隔以一段病緣，小朋友當可推知我黯然的心理！

又是在行色匆匆裏，一兩天要到新漢普（**New Hampshire**）去。似乎又是在山風松濤之中，到時方可知梗概。晚風中先草此，暑天宜習靜，願你們多寫作！

冰心　七、二十二．一九二四．默特佛

通訊 21

冰仲弟：

到自由（Freedom）又五、六日了，高處於白嶺（The White Mountains）之上，華盛頓（Mount Washington）、喬克落亞（Chocorua）諸嶺都在几席之間。這回眞是入山深了！此地高出海面一千尺，在北緯四十四度，與吉林同其方位。早晚都是涼颸襲人，只是樹枝搖動，不見人影。

K教授邀我來此之時，她信上說：「我願妳知道眞正新英格蘭的農家生活。」果然的，此屋中處處看出十八世紀的田家風味。古樸砌磚的壁爐、立在地上的油燈、粗糙的陶器、桌上供養著野花；黃昏時自提著罐兒去取牛乳，採甚果佐餐。這些情景與我們童年在芝罘所見無異。所不同的就是夜間燈下，大家拿著報紙，縱談共和黨和民主黨的總統選舉競爭。我覺得中國國民最大的幸福，就是居然能脫離政府而獨立。不但農村，便是去年的北京，四十日沒有總統，而萬民樂業。言之欲笑，思之欲哭！

屋主人是兩個姊妹，是K教授的好友，只夏日來居在山上，聽說山後只有一處釀私酒的相與爲鄰，足見此地之深僻了。屋前後怪石嶙峋。黑壓壓的長著叢樹的層嶺，一望無際。林影中隱著深谷。我總不敢太遠走開去，似乎此山有藏匿虎豹的可能。千山草動，獵獵風生的時候，眞恐自暗黑的林中，跳出些猛獸。雖然屋主人告訴我說，山中只有一隻箭豬，和一隻小鹿，而我終是心怯。

於此可見白嶺與青山之別了。白嶺嫵媚處、雄偉處都較勝青山。而山中還處處有湖，如：銀湖（Silver Lake）、喬克落亞湖（Chocorua Lake）、潔湖（Purity Lake）等，湖山相襯，十分幽麗。那天到喬克落亞湖畔野餐，小橋之外，是十里如鏡的湖波，波外是突起矗立的喬克落亞山。湖畔徘徊，山風吹面，情景竟是瞻依而不是賞玩！

除了屋主人和K教授外，輕易看不見別一個人。我眞是寂寞。只有阿歷

（Alex）是我唯一的遊伴了！他纔五歲，是紐芬蘭的孩子。他母親在這裏傭工。當我初到之夜，他睡時忽然對他母親說：「看那個姑娘多可憐呵，沒有她母親相伴，自己睡在樹下的小屋裏！」第二天早起，屋主人笑著對我述說的時候，我默默相感，微笑中幾乎落下淚來。我離開母親將一年了，這般澈底的憐憫體卹的言詞，是第一次從人家口裏說出來的呵！

我常常對他說：「阿歷，我要我的母親。」他凝然的聽著，想著，過了一會說：「我沒有看見過妳的母親，也不知道她在那裏——也許她迷了路走在樹林中。」我便說：「如此，我找她去。」自此後每逢我出到林中散步，他便遙遙的喚著問：「妳找妳的母親去麼？」

這老屋中仍是有琴有書，原不至太悶。而我終感覺著寂寞，感著缺少一種生活。這生活是去國以後就丟失了的。你要知道麼？就是我們每日一兩小時傻頑癡笑的生活！

飄浮著鐵片做的戰艦在水缸裏，和小狗捉迷藏；聽小弟弟說著從學校聽來的童稚的笑話，圍爐說些「亂談」；敲著竹片和銅茶盤，唱「數了一個一，道了一個一」的山歌；居然大家沈酣的過一兩點鐘。

這種生活，似乎是癡頑，其實是絕對的需要。這種完全釋放身心自由的一兩小時，我相信對於正經的工作有極大的輔益。使我解慍忘憂、使我活潑、使我快樂。去國後在學校中、病院裏，與同伴談笑，也有極不拘之時，只是終不能癡傻到絕不用點思想的地步——何況我如今多居於教授、長者之間，往往是終日矜持呢！

眞是說不盡怎樣的想念你們！幻想山野是你們奔走的好所在，有了伴侶，我便也不怯野遊。我何等的追羨往事！「當時語笑渾閒事，過後思量盡可憐，」這兩語眞說到入骨。但願經過兩三載的別離之後，大家重見，都不失了童心。傻頑癡笑，還有再現之時，我便萬分滿足了。

山中空氣極好，朝陽、晚霞都美到極處。身心均舒適，只昨夜有人問我：「聽說泰戈爾到中國北京，學生對他很無禮，他躲到西山去了。」她說著一笑。我淡淡的說：「不見得罷。」往下我不再說什麼——泰戈爾只是一個詩人，迎送兩方，都把他看重了。

於此收住了。此信轉小朋友一閱。

冰心　七、二十・一九二四・自由，新漢普

通訊22

親愛的小讀者：

每天黃昏獨自走到山頂看日落，便看見喬克落亞（Chocorua）的最高峰。全山葱綠，而峯上卻稍赤裸，露出山骨。似乎太高了，天風勁厲，不容易生長樹木。天邊總統山脈（Presidential Range）中諸嶺蜿蜒，華盛頓（Washington）、麥迪生（Madison）衆山重疊相映。不知爲何，我只愛喬克落亞。

餐桌上談起來了，C夫人告訴我「喬克落亞」是個美洲紅人酋長，因情不遂，登最高峰上墜崖自殺，喬克落亞山便因他命名。她說著又說她記憶不眞，最好找一找書看看。我也以山勢「英雄」而喬克落亞死的太「兒女」爲恨。今天從書架上取下一本書叫「白嶺」（The White Mountains）的，看了一遍。關於喬克落亞的死因

與C夫人說的不同。我覺得這故事不妨說給小朋友聽聽！

書上說：「喬克落亞可稱為新英格蘭一帶最秀麗、最堪入畫之高山。」——新英格蘭係包括美東Maine. N.H. Mass. R.I. Vermet. Coun六省而言，是英國殖民初登岸處，故名。高三千五百四十尺。山上有泉，山間有河，山下有湖。新漢普諸山之中，沒有比他再含有美術的和詩的意味的了。

喬克落亞山是從一個紅人酋長得名。這個酋長被白人殺死於此山的最高峰下。傳說不一，一說在羅敷威爾（Lovewell）一戰之後，紅人都向加拿大退走，只有喬克落亞留戀故鄉和他祖宗的墳墓，不肯與族人同去。他和白人友善，特別的與一個名叫康璧（Campbel）的交好。喬克落亞只有一個兒子，他一生的愛戀和希望，都傾注在這兒子身上。偶然有一次因著族人會議的事，他須到加拿大去。他不忍使這兒子愛長途風霜之苦，便將他交託給康璧，自己走了。他的兒子在康璧家中，備受款待。只一天，這孩子無意中尋到一瓶毒狐的藥，他好奇心盛，一口氣喝了下去。等到喬克落亞回來，只得到他兒子死了、葬了消息！這誤會的心碎的酋長，在他負傷的靈魂上，深深刻下了復仇的誓願。這一天康璧從田間歸來，看見他妻和子的屍

身，縱橫的倒在帳篷的內外。康璧狂奔出去尋覓喬克落亞，在山巔將他尋見了，正在他發狂似的向白人詛咒的時候，康璧將他射死於最高峰下。

又一說，喬克落亞是紅人族中的神覡。他的兒子與康璧相好，不幸以意外之災死在康璧家裏。以下的便與上文相同。

又一說，喬克落亞是個無罪無猜的紅酋，對白人尤其和藹。只因那時麻薩諸塞（Massachusetts）百姓，憎惡紅人。在波士頓徵求紅人之首，每頭顱報以百金。於是有一群獵者，貪圖巨利，追逐這無辜的紅酋，將他亂槍射死於最高峰下！

英雄的喬克落亞，在他將恐未絕之時，張目切齒，狂呼的詛咒說：「災禍臨到你們了，白人呵！我願巨靈在雲間發聲，其言如火，重重的降罰給你們。我喬克落亞有一個兒子，而你們在光天化日之下，將他殺死！我願閃電焚灼你們的肉體、願暴風與烈火掃蕩你們的居民、願惡魔吹死氣在你們的牛羊身上、願你們的墳墓淪爲紅人的戰場、願虎豹狼蟲吞噬你們的骨！我喬克落亞如今到巨靈那裏去，而我的詛咒卻永遠的追隨著你們！」

這故事於此終止了。書上說：「此後續來的移民，都不能安生居住。天災人禍，相繼而來；暴風雨、瘟疫、牛羊的死亡、紅人的侵襲，歲歲不絕。然而在事實上，近山一帶的居民，並未曾受紅人之侵迫。只在此數十年中不能牧養牲畜，牛羊死亡相繼。大家都歸咎於喬克落亞的詛詞。後經科學者的試驗，乃是他們飲用的水中，含有石灰質的緣故。」

「喬克落亞的墳墓，傳說是在東南山腳下，但還沒有確實尋到。」

每天黃昏獨自走到山頂看日落，看夕陽自喬克落亞的最高峰尖下墜，其紅如火！連那十八世紀的老屋都隱在叢林之中時，大地上只山嶺縱橫，看不出一點文化、文明之蹤跡！這時我往往神遊於數百年前，想此山正是束額插羽、奔走如飛的紅人的世界。我微微的起了悲哀。紅人身軀壯碩，容貌黝紅而偉麗，與中國人種相似。只是不講智力，受制被驅於白人，便淪於萬劫不復之地……

那天到康衛（Conway）去，在村店中買了一個小紅泥人，金冠散髮，首插綠羽，頭上圍著五色絲緞，腰間束帶。我放他在桌上，給他起名叫喬克落亞，紀念我對於喬克落亞之追慕，及此次白嶺之遊。等到年終時節，我擬請他到中國一行，代我賀我母親新春之喜——匆此。

冰心　八、六・一九二四・白嶺

通訊 23

冰季小弟：

這是清晨絕早的時候。朝日未出，朝露猶零，早餐後便又須離此而去。我以黯然的眼光望著白嶺，卻又不能不偷這匆匆言別的一早晨，寫幾個字給你。

只因昨夜在迢迢銀河之側，看見了織女星。猛憶起今天是故國的七月七夕。無數最甜柔的故事、最淒然輕婉的詩歌，以及應景的賞心樂事，都隨此佳節而生。我遠客他鄉，把這些都睽違了……這且不必管他！

我所要寫的，是我們大家太缺少娛樂了。無精打采的娛樂，絕不能使人生潤澤、事業進步。娛樂至少與工作有同等的價值，或者說娛樂是工作之一部分！

娛樂不是「消遣」。「消遣」兩字的背後，隱隱的站著「無聊」。百無聊賴的

時候，才有消遣；侘傺疾病的時候，才有消遣！對於國事、對於國事、對於人生，灰心喪志的時候，才有消遣！

試看如今一班人所謂的娛樂，是如何的筍亂、如何的無精打采？我決不以這等的娛樂！眞正的娛樂是應著眞正的工作的要求而發生的，換言之，打起精神做眞正的工作的人，才熱烈的想望，或預備眞正的娛樂！

當然的，中國人要有中國人的娛樂。我們有四千多年的故事、傳說和歷史。我們娛樂的時地和依據，至少比人家多出一倍。從新年說起罷：新年之後，有元宵。這千千萬萬的繁燈，作樹下廊前的點綴，何等燦爛？舞龍燈更是小孩子最熱狂、最活潑的遊戲。

三月三日是古人修禊節（編按：節日名。古時陰曆三月三日上已，臨水清除不祥，謂之修禊。）也便是我們絕好的野餐時期。流觴曲水，不但仿古人餘韻，而且有趣。清明掃墓，雖不焚化紙錢，也可訓練小孩子一種恭肅靜默的對先人的敬禮；假如清明植樹能名實相符，每人每年在祖墓旁邊，種一棵小樹，不到十年，我們中國也到處有了葱蔚的山林。

五月五日是特別爲小孩子的節期，花花綠綠的香囊、五色絲，大家打扮小孩子。一年中只是這幾天，覺得街頭巷尾的小孩子，加倍喜歡！這天又是龍舟節，出去泛舟，或是兩個學校間的競渡，也是極好的日子。

七月七日，是女兒節，只這名字已有無限的溫柔！涼夜風靜，秋星燦然。庭中陳設著小几瓜果，遍延女伴，輕俏談笑，仰看雙星緩緩渡橋。小孩子滿握著煮熟蠶豆，大家互贈，小手相握，謂之「結緣」。這兩字又何其美妙？我每以爲「緣」之意想，十分精微，「緣」之一字，十分難譯。有天意、有人情、有恐生流轉、有地久天長。

蘇軾贈他的弟弟子由詩，有「與君世世爲兄弟，更結來生未了因。」

小弟弟，我今天以這兩語從萬里外遙贈你了。

八月十五中秋節，滿月的銀光之下，說著蟾蜍班兔的故事，何其清切？九月九重陽節，古人登高的日子，我們正好有遠足旅行，遊覽名勝。國慶日不必說，尤須慶祝一下子，只因我覺得除卻政治機關及商店懸旗外，家庭中紀念這節期的，似乎沒有！

往下不再細說了。翻開古書看一看，如帝京景物志之類，還可找出許多有意思可以紀念的娛樂的日子來。我覺得中國的節期，都比人家的清雅。每一節期都附以溫柔高潔的故事、驚才絕豔的詩歌，甚至於集會時的食品用器，如五月五的龍舟、粽子，七月七的蠶豆，八月十五的月餅，以及各節期的說不盡的等等一切……我們是一點不必創造。招集小孩子，故事現成、食品現成、玩具現成。要編製歌曲，供小孩的戲唱，也有數不盡的古詩、古文、古詞爲藍本。

古人供給我們這許多美好的材料。叫我們有最高尚的娛樂，如我們仍不知領略享受，眞是太對不起了！

破除迷信，是件極好的事。最可惜的是迷信破除了以後，這些美好的節期，也隨著被大家冷淡了下去！我當然不是提倡迷信、偶像崇拜和小孩子的扮演神仙故事，截然的是兩件事！

不能多寫了。朝日已出，廚娘已忙著預備早餐。在今晚日落之前，我便可在一個小海島之上，你可猜想我是如何的喜歡！我看《詩經》，最愛的是：「兼葭蒼蒼，白露爲霜，所謂伊人，在水一方……溯迴從之，宛在水中央。」

我最喜在「水中央」三字，覺得有說不出的飄蕩與縈迴——自我開始旅行，除了日記及紙筆之外，半本書也沒有帶，引用各詩，也許錯誤，請你找找看。

預算在海上住到月圓時節。「海上生明月」的光景，我已預備下全付心情，供他動盪。那時如寫得出，再寫些信寄你。

你的姊姊　八、七・一九二四・白嶺

通訊 24

我的雙親：

窗外濤聲微撼，是我到伍島（**Five Islands**）之第一夜，我已睡下，B女士進坐在我的牀前，說了許多別後的話。她又說：「可惜我不能將妳母親的微笑帶來呵！」夜深她出去。我輾轉不寐。一年中隔著海洋，我們兩地的經過，在生命的波瀾又歸平靖之後，忽忽追思，竟有無限的感慨！

在新漢普之末一夜，竟在白嶺上過了瓜果節。說起也眞有意思。那天白日偶然和衆人談起，黃昏時節，已自忘懷。午睡起後，C夫人忽請我換了新衣。K教授也穿上由中國繡衣改製的西服出來。其餘衆人，或掛中國的玉佩：或者中國的綢衣。

在四暮色之中，團團坐在屋前一棵大榆樹下，端出茶果來，告訴我今夜要過中

國的瓜果節。我不禁怡然一笑。我知道她們一來自己尋樂，二來與我送別。我是在家十年未過此節，卻在離家數萬里外，孤身作客，在綿亙雄偉的白嶺之巔，與幾位教授長者，過起軟款溫柔的女兒節來，眞是突兀！

那夜是陰曆初六，雙星還未相邇，銀漢間薄霧迷濛。我竟成了這小會的中心！大家替我斟上蒲公英酒，K教授舉杯起立說：「我爲全中國的女兒飲福！」我也起來笑答：「我代表全中國的女兒致謝你們！」大家笑著起立飲盡。

第二巡遞過茶果，C夫人忽又起立舉杯說：「我飲此杯酒，祝妳康健！」於是大家又紛然離座。K教授和E女士又祝福我的將來，雜以雅謔。一時杯聲鏗然相觸。大家歡呼，我笑了，然而也只好引滿。

談至夜闌，談鋒漸趨於詩歌方面。席散後，我忽憶未效穿針乞巧故事，否則也在黑暗中撮弄她們一下子，增些歡笑！

如今到伍島已逾九日，思想頓然的沈肅了下來。我大錯了！十年不近海，追證於童年之樂，以爲如今又晨夕與海相處，我的思想，至少是活潑飛揚的。不想她只

時時與我驚躍與凄動……

九日之中，盪小舟不算外，泛大船出海，已有三次。

十三日泛舟至海上聚餐，共載者十六人，乘風扯起三面大帆來。我起初只坐近欄旁，聽著水手們扯帆時的歌聲，眞切的憶起海上風光來，正自凝神。

一回頭，B博士笑著招我到舟尾去，讓我把舵，他說：「試試看，你身中曾否帶著航海家之血！」艙面大家都笑著看我。我竟接過舵輪來，一面坐下。凝眸前望，俯視羅盤正在我腳前。這船較小些，管輪和駕駛，只須一人。我握著輪齒，覺得桅杆與水平縱橫之距離，只憑左右手之轉動而推移。此時我心神傾注，海風過耳而不聞。

漸漸駛到席克特河（Sheepcult River）入海之口。兩岸較逼，波流洶湧。我扶輪屏息，偶然側首看見欄旁仕女，容色暇豫，言笑宴宴，始恍然知道自己一身責任之重大，說起來不値父親之一笑！比起父親在萬船如蟻之中，將載著數百軍士的戰艦，駛進廣州灣，自然不可同日語。而在無情的波流上，我初次嘗試的心，已有無限的惶恐。

說來慚愧，我覺得我兩腕之一移動，關係著男女老幼十六人性命的安全！

B博士不離我座旁，卻不多指示，只憑我旋轉自如。停舟後，大家過來笑著舉手致敬。稱我爲船主，稱我爲航海家的女兒。

這只是玩笑的事，沒有說的價值。而我因此忽忽憶起我所未想見的父親二十年海上的生涯。我深深的承認直接覺著負責任時，無過於舟中的把舵者。一舟是一世界，雙手輪轉著頃刻間人們的生死、操縱著衆生的歡笑與悲號。幾百個乘客在舟上，優遊談笑，說著乘風破浪，以爲人人都過著最閒適的光陰。不知艙面小室之中，獨有一個凝眸望遠的船主，以他傾注如癡的辛苦的心目，保持佑護著這一段數百人閒適歡笑的旅途！

我自此深思了！海島上的生涯，使我心思昏忽。伍島後有斷澗兩處，通以小橋。澗深數丈，海波衝擊，聲如巨雷。穿過松林，立在磐石上東望，西班牙與我之間，已無寸土之隔。島的四岸，在清晨、在月夜，我都坐過，淒清得很——每每夜醒，正是潮滿時候，海波直到牕下。淡霧中，燈塔裏的霧鐘續續的敲著。有時竟還聽得見駕駛的銀鐘，在水面清徹四聞。雪鷗的鳴聲，比孤雁還哀切，偶一驚醒，即不復寐……

實在寫不盡，我已決意離此。我自己明白、知道，工作在前，還不是我迴腸盪氣的時候！

明天八月十七，郵船班格城號（City of Bangor）自巴斯（Bath）開往波士頓。我不妨以去年渡太平洋之日，再來橫渡大西洋之一角。我眞是弱者呵，還是願意從海道走！

你海上的女兒　八、十六夜・一九二四・伍島

通訊 25

親愛的小朋友：

海濱歸來，又到了湖上。中間雖遊了些地方，但都如過眼雲煙。半年來的生活，如同緩流的水，無有聲響。又如同帶上銜勒的小馬，負重的、目不旁視的走向前途。童心再也不能喚醒，幾番提筆，都覺出了隱微的悲哀。這樣一次一次的消停，不覺又將五個月了！

小朋友！饒是如此，還有許多人勸我省了和小孩子通信之力，來寫些更重大、更建設的文字。我有何話可說，我愛小孩子。我寫兒童通訊的時節，我似乎看得見那天真純潔的對象。我行雲流水似的，不造作、不矜持，說我心中所要說的話。縱使這一切都是虛無呵，也容我年來感著勞頓的心靈，不時的有自由的寄託！

昨夜夢見堆雪人，今晨想起要和你們通信。我夢見那個雪人，在我剛剛完工之後，她忽然蹁躚起舞。我待要追隨，霎時間雪花亂飛。我旁立掩目，似乎聽得小孩子清脆的聲音，在雲中說：「她走了——完了！」醒來看見半圓的冷月，從雲隙中窺人，葉上的餘雪，灑上窗臺沾著我的頭面。我惘然的憶起了一篇匆草的舊稿。題目是：「讚美所見」，沒有什麼意思，只是充一充篇幅。課忙思澀，再寫信又不知是何日了！願你們安好！

冰心　二、一．一九二五．娜安辟迦樓

讚美所見

湖上晚晴，落霞豔極。與秀在湖旁並坐，談到我生平宗教的思想，完全從自然之美感中得來。不但山水，看見美人也不是例外！看見了全美的血肉之軀，往往使

我肅然的讚歎造物。一樣的眼、眉、腰，在萬千形質中，偏她生得那般軟美！湖山千古依然，而佳人難再得。眼波櫻唇，瞬歸塵土。歸途中落葉蕭蕭，感歎無盡，忽然作此。

假如古人曾為全美的體模，
　讚美造物，
我就願為你的容光膜拜。
你——
　櫻唇上含蘊著天下的溫柔，
　眼波中凝聚著人間的智慧，
倘若是那夜我在星光中獨泛。
　你羽衣蹁躚
飛到我的舟旁——

倘若是那晚我在楓林中獨步，
　你神光離合
臨到我的身畔！
我只有合掌低頭，
　不能驚歎，
因你本是個女神
本是個天人……
如今那堪你以神仙的豐姿，
　寄托在一般的血肉之軀，
　儼然的，
　和我對坐在銀燈之下！
我默然瞻仰，
　隱然生慕，
慨然興嗟，

嗟呼，粲者！
我因你讚美了萬能的上帝，
嗟呼，粲者！
你引導我步步歸向於信仰的天家。
我默然瞻仰，
　隱然生慕，
　慨然興嗟，
嗟呼，粲者！
你只須轉那雙深澈智慧的眼光下望，
　看蕭蕭落葉遍天涯，
明年春至，
　還有新綠在故枝上萌芽，
嗟呼，粲者！
　青春過了，

你知道你不如他！

…………

櫻唇眼波，終是夢痕，
溫柔智慧中，願你永存，
　　　　　阿們！

十一、一．一九二四．娜安辟迦樓

26

小朋友：

病中、靜中、雨中是我最易動筆的時候；病中心緒惆悵，靜中心緒清新，雨中心緒沈潛，隨便的拿起筆來，那能寫出好些話。

一夏的「雲遊」，剛告休息。此時窗外微雨，坐守著一爐微火，看書看到心煩，索性將立在椅旁的電燈也捻滅了下去。爐裏的木柴，爆裂得息息的響著，火花飛上裙緣——小朋友！就是這百無聊賴，雨中、靜中的情緒，勉強了久不修書的我，又來在紙上和你們相見。

暑前六月十八晨，陰，匆匆的將屋裏幾盆花草，移栽在樹下。殷勤拜託了自然的風雨，替我將護著這一年來案旁伴讀的花兒。安頓了惜花心事之後，一天一夜的

火車，便將我送到銀灣（Silver Bay）去。

銀灣之名甚韻！往往使我憶起納蘭成德「盈盈從此隔銀灣，便無風雪也摧殘」之句。入灣之頃，舟上看喬治湖（Lake George）兩岸青山，層層轉翠。小島上立著叢樹，綠意將倦人喚醒起來。銀灣漸漸來到了眼前！黑嶺（Black Mountains）高得很，喬治湖又極浩大，山腳下濤聲如吼之中，銀灣竟有芝罘的風味。

到後寄友人書，曾有：「盛名之下，其實難副，人猶如此，地何以堪？你們將銀灣比了樂園，周遊之下，我只覺索然！」之語。致她來信說我：「詩人結習未除，幻想太高。」實則我曾經滄海，銀灣似芝罘而偉大不足。反不如慰冰及綺色佳，深幽嫵媚，別具風格，能以動我之愛悅與戀慕。

且將「成見」撇在一邊，來敘述銀灣的美景。河亭（Brook Pavilion）建在湖岸遠伸處，三面是水。早起在那裏讀詩，水聲似乎和著詩韻。山雨欲來，湖上漫漫飛捲的白雲，亭中尤其看得真切。大雨初過，湖淨如鏡，山青如洗。雲隙中霞光燦然四射，穿入水裏，天光水影，一片融化在彩虹裏，看不分明。光景的奇麗，是詩人畫工，都不能描寫得到的！

在不繫舟上作書，我最喜愛，可惜並沒有工夫做。只有二十六日下午，在白浪推擁中，獨自泛舟到對岸，寫了幾行。湖水泱泱，往返十里。回來風勢大得很，舟兒起落之頃，竟將寫好的一張紙，吹沒在湖中。迎潮上下時，因著能力的反應，自己覺得很得意。而運槳的兩臂，回來後隱隱作痛。

十天之後，又到了綺色佳（Itaca）。

綺色佳眞美！美處在深幽。喻人如隱士、喻季候如秋、喻花如菊，與泉相近，是生平第一次，新穎得很！林中行來，處處傍深澗。睡夢裏也聽著泉聲！六十日的寄居，無時不有「百感都隨流水去，一身還被浮石束」這兩句，縈迴於我的腦海！

在曲折躍下層岩的泉水旁讀子書。會心處，不是人世言語所能傳達──此外替美國人上了一夏天的墳，綺色佳四五處墳園我都遊遍了！這種地方，深沈幽邃，是哲學的，是使人勘破生死觀的。我一星期中至少去三次，撫著碑碣，摘去殘花。我覺得墓中人很安適的，不知墓中人以我爲如何？

克尤佳湖（Lake Cauaga）爲綺色佳名勝之一，也常常在那裏泛月。湖大得很，明媚處較慰冰不如，從略。

八月二十八日，遊尼加拉瀑布（Niagara Falls）。三姊妹岩旁，銀濤捲地而來，奔下馬啼岩，直向渦池而去。洶湧的泉濤，藏在微波緩流之下。我乘著小船——霧姝號（The Maid of Mith）直到瀑底。仰望美利堅、加拿大兩片大泉，墜雲搓絮般的奔注。夕陽下水影深藍，岩石碎迸，水珠打擊著頭面。泉雷聲中，心神悸動！綺色佳之深邃溫柔，幸受此萬丈冰泉，洗滌衝蕩。月下夜歸，恍然若失！

九月二日，雨中到雪拉庫斯（Syracuse），赴美東中國學生年會。本年會題，是「國家主義與中國」，大家很鼓吹了一下。

年會中忙過十天，又回到波士頓來。十四夜心隨車馳。看見了波士頓南站燦然的燈光，九十日的幻夢，恍然驚覺……

夜已深，樓上主人促眠，窗外雨仍不止。異鄉的蟲聲在淒淒的叫著。萬里外我敬與小朋友道晚安！

冰心　十七夜．一九二五．默特佛

小讀者：

無端應了惠登大學（Wheaton College）之招，前天下午到夢野（Mansfield）去。到了車站，看了車表，纔知道從波士頓到夢野要經過沙穰的，我忽然起了無名的悵惘！

我離院後回到沙穰去看病友已有兩次。每次都是很惘然，心中很怯，靜默中強作微笑。看見道旁的落葉與枯枝，似乎一枝一葉都予我以「轉戰」的回憶！這次不直到沙穰去，態度似乎較客觀些，而感喟仍是不免！我記得以前從醫院的廊上，遙遙的能看見從林隙中穿過的白煙一線的火車。我記住地點，凝神遠望，果然看見雪白的樓瓦，斜陽中映襯得如同瓊宮玉宇一般……。

清晨七時夢野回來，車上又曾見了！早春的天氣，朝陽正暖，候鳥初來，我記得前年此日，山路上我的飄揚的春衣！那時是怎樣的止水停雲般的心情呵！

小朋友！一病算得什麼？便值得這樣的驚心？我常常這般的問著自己。然而我的多年不見的朋友，都說我改了。雖說不出不同處在那裏，而病前病後卻是判若兩人。假如這是眞的呢？是幸還是不幸，似乎還值得低徊罷！

昨天回來後，休息之餘，心中只悵悵的，念不下書去。夜中燈下翻出病中和你們通訊來看。小朋友，我以一身兼作了得勝者與失敗者，兩重悲哀之中，我覺得我禁不住有許多欲說的話！

看見過大力士搏獅麼？當他屏息負隅，張空拳於猙獰的瓜牙之下的時候；他雖有震恐、雖有狂傲，但他決不暇有蕭瑟與悲哀。等到一陣神力用過，倏忽中擲此百獸之王，於死的鐵門之內以後，他神志昏瞶的抱頭頹坐。在春雷般的歡呼中，他無力的抬起眼來，看見了在他身旁鬣毛森張、似餘殘喘的巨物。我信他必忽然起了一陣難禁的戰慄，你的全身沒在微弱與寂寞的海裏！

一敗塗地的拿破崙，重過滑鐵盧，不必說有無限的忿激，太息與激昂！然而他

的激感，是狂湧而不是深微，是一個人都可抵擋得住。而建了不世之功、退老閒居的惠靈呑，日暮出遊，驅車到此戰爭舊地，他也有一番激感！他彷彿中起了蒼茫的悵惘，無主的傷神。斜陽下獨立，這白髮盈頭的老將，在百番轉戰之後，竟受不住這閒卻健兒身手的無邊蕭瑟！悲哀，得勝者的悲哀呵！

小朋友，與病魔奮戰期中的我，是怎樣的勇敢與喜樂！我作小孩子、我作愛斯基摩人；我「足踏枯枝，靜聽著樹葉微語」、我「試揭自然的簾幕，躡足走入仙宮」。如今呢，往事都成陳迹！我「終日矜持」、我「低頭學繡」、我「如同緩流的水，半年來無有聲響」。是的呵，「一回到健康道上，世事已接踵而來！」雖然我曾應許「我至愛的母親」說：「我既絕對的認識了生命，我便願低首去領略。我便願遍嘗了人生中之各趣，人生中之各趣；我便願遍嘗！——我甘心樂意以別的淚與病的血為贄，推開了生命的宮門。」

我又應許小朋友說：「領略人生，要如滾針氈，用血肉之軀去遍挨遍嘗，要他針針見血……來日方長，我所能告訴小朋友的，將來或不止此。」而針針見血的生命中之各趣，是須用一片一片天眞的童心去換來的。互相疊積傳遞之間，我還不知要預備下多少怯弱與驚惶的代價！我改了，為了小朋友與我至愛的母親，我十分情願屈服於生命的權威之下。然而我願小朋友傾耳聽一聽這弱者、失敗者的悲哀！

在我熱情忠實的小朋友面前，略消了我胸中塊壘之後，我願報告小朋友一個大家歡喜的消息。這時我的母親正在東半球數著月亮呢！再經過四次月圓，我又可在母親懷裏。便是小朋友也不必耐心的讀我一月前，明日黃花的手書了！我是如何的喜歡呵！

小朋友，我覺得對不起！我又以悱惻的思想，貢獻給你們。然而，我的「詩的女神」只是一個。

滿蘊著溫柔，

微帶著憂愁的

就讓她這樣的抒寫也好。

敬祝你們的喜樂與健康！

冰心　三、十二・一九二六・娜安辟迦樓

親愛的娘：

今晨得到冰仲弟自北京寄來的「寄小讀者」，匆匆的翻了一遍，我止水般的熱情，重復蕩漾了起來！

親愛的母親，我的腳已踏著了祖國的田野，我心中複雜的蘊結著歡慰與悲涼！念七日的黃昏，三年前攜我遠遊的約克遜號，徐徐的駛進吳淞口岸的時候，我抱柱而立。迎著江上吹面不寒的和風，我心中只掩映著母親的慈顏。三年之別，我並不曾改，我仍是三年前母親的嬌兒，仍是念餘年前母親懷抱中的嬌兒！

上海苦熱，回憶船上海風中看明月的情景，眞是往事都成陳迹！念六夜海波如吼，水影深黑，只在明月與我之間，在水上鋪成一條閃鑠碎光的道路。看著船旁燁然飛濺的浪花，這一星星都迸碎了我遠遊之夢！

母親，您是大海，我只是剎間濺躍的浪花。雖暫時在最低的空間上，幻出種種的閃光，而在最短的時間中，即又飛進母親的懷裏。母親！我美遊之夢，已在欠伸將覺之中。祖國的海波，一聲聲的洗淡了我心中個個的夢中人影。母親！夢中人只是夢中人，除了您，誰是我永久靈魂之歸宿？

念七晨我未明即起，望見了江上片片祖國的帆影之後，我已不能再睡覺！我俯在圓窗上看滿月西落，紫光欲退。而東方天際的明霞，又已報我以天光的消息！母親！爲了您，萬里歸來的女兒，都覺得這些國外也常常看見的殘月朝暉，這時卻都予我以極濃熱的慕戀的情意。

母親，我只是一個山陬海隅的孩子，一個北方鄉野的孩子。上海實在住不了！長裙短衫，蝶翅般的袖子，油光的頭，額上不自然的剪下三四縷短髮，這般千人一律、不個性的打扮，我覺得心煩而又畏怯。這裏熱得很，哥哥姊姊們又喜歡灌我酒。前晚喝的是「大宛香」，還容易下咽。今夜是「白玫瑰露」，眞把我喫醉了。匆匆的走上樓來和衣而臥。酒醒已是中夜，明月正當著我的窗戶。朦朧中記得是離

家已近，纔免去那「楊柳岸曉風殘月」的悲哀。

母親！您看我寫的歪斜的字，嫂嫂笑說我仍在病酒！我定八月二夜北上了。我愛母親！我怕熱，我不會喫酒，還是回家好！

這封信轉小朋友看看不妨事罷？

還家的女兒　七月卅日．上海

通訊 29

最親愛的小讀者：

我回家了！這「回家」二字中我迸出了感謝與歡欣之淚！三年在外的光陰，回想起來，曾不如流波之一瞥。我寫這信的時候，小弟冰季守在旁邊。窗外，紅的是夾竹桃，綠的是楊柳枝，襯以北京的蔚藍透澈的天。故鄉的景物，一一回到眼前來了！

小朋友！你若是不曾離開中國北方，不曾離開到三年之久，你不會讚歎欣賞北方蔚藍的天！清晨起來，揭簾外望，這一片海波似的青空，有一兩堆潔白的雲，疏疏的來往著，柳葉兒在曉風中搖曳，整個的送給你一絲絲涼意。你覺得這一種「冷處濃」的幽幽的鄉情，是異國他鄉所萬嘗不到的！假如你是一個情感較重的人，你

會興起一種似歡喜非歡喜、似悵惘非悵惘的情緒。站著癡望了一會兒，你也許會流下無主、皈依之淚！

在異國，我只遇見了兩次這種雲影天光，一次是前年夏日在新漢普（New Hampshire）白嶺之巔。我午睡乍醒，得了英倫朋友的一封書，是一封充滿了友情別意，並描寫牛津景物寫到引人入夢的書。我心中雜揉著悵惘與歡悅，帶著這信走上山巔去。猛然見了那異國的藍海似的天！

四圍山色之中，這油然一碧的天空，充滿了一切。漫天匝地的斜陽，鑲出西邊天際一兩抹的絳紅深紫。這顏色須臾萬變，而銀灰，而魚肚白，倏然間又轉成燦然的黃金。萬山沈寂，因著這奇麗的天末的變幻，似乎太空有聲！如鳥鳴，如風嘯，我似乎聽到了那夕陽下落的聲音。這時我驟然間覺得弱小的心靈，被這偉大的印象，昇舉到高空，又倏然間被壓落在海底！我覺出了造化的莊嚴，一身之幼稚，病後的我，在這四周豔射的景象中，竟伏於纖草之上，嗚咽不止！

還有一次是今年春天，在華京（Washington D.C.）之一晚。我從枯冷的紐約城南行，在華京把「春」尋到！在和風中我坐近窗戶，那時已是傍晚，這國家婦女會

（National Womes, Party）舍，正對著國會的白樓。半日倦旅的眼睛，被這樓後的青天喚醒！

海外的小朋友！請你們饒恕我。在我倏忽的驚歎了國會的白樓之前，兩年半美國之寄居，我不曾覺出她是一個莊嚴的國度！

這白樓在半天矗立著，如同一座玲瓏洞開的仙閣。被樓旁的強力燈逼射著，更顯得出那樓後的青空。兩旁也是偉大的白石樓舍，樓前是極寬闊的白石街道。雪白的球燈，整齊的映照著。路上行人，都在那偉大的景物中，寂然無聲。這種天國似的靜默，是我到美國以來第一次尋到的，我尋到了華京與北京相同之點了！

我突起的鄉思，如同一個波瀾怒翻的海！把椅子推開，走下這一座萬靜的高樓，直向國會圖書館走去。路上我覺得有說不出的愉快與自由。楊柳的新綠，搖曳著初春的晚風。熟客似的，我走入大閱書室，在那裏寫著日記。寫著忽然憶起陸放翁的「喚作主人原是客，知非吾土強登樓」的兩句詩來。細細咀嚼這「喚」字和「強」字的意思，我的意興漸漸的蕭索了起來！

我合上書，又洋洋的走了出去。出門來一天星斗。我長吁一口氣——看見路旁

一輛手推的蓬車，一個黑人在叫賣炒花生栗子。我從病後是不喫零食的，那時忽然走上前去，買了兩包。那燈下黝黑的臉，向我很和氣的一笑，又把我強尋的鄉夢攪斷！我何嘗要吃花生栗子？無非要強以華京作北京而已！

寫到此我腕弱了，小朋友，我覺得不好意思告訴你們。我回來後又一病逾旬，今晨是第一次寫長信。我行程中本已憔悴困頓，到家後心裏一鬆，病魔便乘機而起。我原不算是十分多病的人，不知爲何，自和你們通訊，我生涯中便病忙相雜，這是怎麼說的呢！

故國的新秋來了。新癒的我，覺得有喜悅的蕭瑟！還有許多話，留著以後說罷，好在如今我離著你們近了！

你熱情忠實的朋友，在此祝你們的喜樂！

冰心　八、三十一．一九二六．圓恩寺

山中雜記——遙寄小朋友

大夫說是養病，我自己說是休息。只覺得在拘管而又浪漫的禁令下，過了半年多。這半年中有許多在童心中可驚可笑的事，不足爲大人道。只盼他們看到這幾篇的時候，唇角下垂，鄙夷一笑，隨手的扔下。而有兩三個孩子，拾起這一張紙，漸漸的感起興味，看完又彼此嘻笑、講說、傳遞；我就已經有說不出的喜歡！本來我這兩天有無限的無聊。天下許多事都沒有道理。

比如今天早起那樣的烈日，我出去散步的時候，熱得頭昏。此時近午，卻又陰雲密布，大風狂起。廊上獨坐，除了胡寫，還有什麼事可作呢？

冰心　六、二十三・一九二六・沙穰

我怯弱的心靈

我小的時候，也和別的孩子一樣，非常的膽小。大人們又愛逗我，我的小舅舅說什麼「聊齋」、什麼「夜談隨錄」，都是些僵屍、白面的女鬼等等。在他還說著的時候，我就不自然的惴惴的四顧，塞坐在大人中間，故意的咳嗽。睡覺的時候，看著帳門外，似乎出其不意的也許伸進一隻鬼手來。我只這樣想著，便用被將自己的頭蒙得嚴嚴地，結果是睡得週身是汗！

十三、四歲以後，什麼都不怕了。在山上獨自中夜走過叢塚。風吹草動，我只回頭凝視。滿立著猙獰的神像的大殿，也敢在陰暗中小立。母親屢屢說我膽大，因為她像我這般年紀的時候，還是怯弱得很。

我白日裏的心，總是很寧靜、很堅強，不怕那些看不見的鬼怪。只是近來常常在夢中，或是在將醒未醒之頃，一陣悚然；從前所怕的牛頭馬面，都積壓了來、都聚圍了來。我呼喚不出，只覺得怕得很；手足都痲木，靈魂似乎蜷曲著。掙扎到醒來，只見滿山的青松，一天的明月。

灑然自笑——這樣怯弱的夢，十年來已絕不做了。做這夢時，又有些悲哀！童年的事都是有趣的，怯弱的心情，有時也極其可愛。

埋存與發掘

山中的生活，是沒有人理的。只要不誤了三餐和試驗體溫的時間，你愛做什麼就做什麼，醫生和看護都不來拘管你。正是童心乘時再現的時候，從前的愛好，都拿來重溫一遍。

美國不是我的國，沙穰不是我的家。偶以病因緣，在這裏遊戲半年，離此後也許此生不再來。不留些紀念，覺得有點過意不去。於是我幾乎每日做埋存與發掘的事。

我小的時候，最愛做這些事：墨魚脊骨雕成的小船、五色紙黏成的小人等等，無論什麼東西，玩夠了就埋起來。樹葉上寫上字，掩在土裏。石頭上刻上字，投在水裏。想起來時就去發掘看看。想不起來，也就讓他悄悄的永久埋在那裏。

病中不必裝大人，自然不妨重做小孩子！山多半是獨行，於是隨時隨地留下許

多紀念。名片、西湖風景畫、用過的紗巾等等，幾乎滿山中星羅棋布，經過芍藥花下、流泉邊、山亭裏，都使我微笑，這其中都有我的手澤！興之所至，又往往去掘開看看。

有時也遇見人，我便扎煞著泥污的手，不好意思的站了起來。本來這些事很難解說。人家問時，說又不好，不說又不好，迫不得已只有一笑。因此，女伴們更喜歡追問，我只有躲著她們。

那一次一位舊朋友來。她笑說我近來更孩子氣、更愛臉紅了，童心的再現，有時使我不好意思是眞的。半年的休養，自然血氣旺盛，臉紅那有什麼愛不愛的可言呢？

古國的音樂

去冬多有風雪。風雪的時候，便都坐在廣廳裏。大家隨便談笑、開話匣子、彈琴、編絨織物等等，只有消磨時間。

榮是希臘的女孩子，年紀比我小一點。我們常在一處玩。她以古國國民自居，拉我作伴，常常和美國的女孩子戲笑口角。

我不會彈琴，她不會唱；但悶來無事，也就走到琴邊胡鬧。翻來覆去的只是那幾個簡單的熟調子。於是大家都笑道：「趁早停了罷，這是什麼音樂？」她傲然的叉手站在琴旁說：「你們懂得什麼？這是東西兩古國，合奏的古樂，你們那裏配領略！」琴聲仍舊不斷，歌聲愈高，別人的話，都不相聞。於是大家急了，將她的口掩住，推到屋角去，從後面連椅子連我，一齊拉開。屋裏已笑成一團！

最妙的是連「印第安那的月」等等美國調子，一經我們用過，以後無論何時，一聽得琴歌聲起，大家都互相點頭笑說：「聽古國的音樂呵！」

雨雪時候的星辰

寒暑表降到冰點下十八度的時候，我們也是在廊下睡覺。每夜最熟識的就是天上的星辰了，也不過只是點點閃爍的光明，而相看慣了，偶然不見，也有些想望與無聊。

連夜雨雪，一點星光都看不見。荷和我擁衾對坐，在廊子的兩角，遙遙談話。

荷指著說：「你看維納斯（Venus）升起了！」我抬頭望時，卻是山路轉折處的路燈。我怡然一笑，也指著對山的一星燈火說：「那邊是邱比特（Jupiter）呢！」

愈指愈多。松林中射來零亂的風燈，都成了滿天星宿。眞的，雪花隙裏，看不出天空和山林的界限，將繁燈當作繁星，簡直是抵得過。

一念至誠的將假作眞，燈光似乎都從地上飄起。這幻成的星光，都不移動，不必半夜夢醒時，再去追尋他們的位置。

於是雨雪寂寞之夜，也有了慰安了！

她得到刑罰了

休息的時間，是萬事不許作的。每天午後的這兩點鐘，乏倦時覺得需要，睡不著的時候，覺得白天強臥在床上，眞是無聊。

我常常偷著帶書在牀上看。等到護士來巡視的時候，就趕緊將書壓在枕頭底下，閉目裝睡——我無論如何淘氣，也不敢大犯規矩，只到看書爲止。而璧這個女孩子，卻往往悄悄的起來，抱膝坐在床上，逗引著別人談笑。

這一天她又坐起來，看看無人，便指手畫腳的學起醫生來。大家正臥著看看她笑，護士已遠遠的來了。她的床正對著甬道，臥下已來不及了，只得仍舊皺眉的坐著。

護士走到廊上。我們都默然，不敢言語：她問璧說：「妳怎麼不躺下？」璧笑說：「我胃不好，不住打呃，躺下就難受。」護士道：「妳今天飯喫得怎樣？」璧惴惴的忍笑的說：「還好！」護士沈吟了一會便走出去。璧回首看著我們，抱頭笑說：「你們等著，這一下子我完了！」

果然看見護士端著一杯藥進來，杯中泡泡作聲。璧只得接過，皺眉四顧。我們都用氈子蒙著臉，暗暗的笑得喘不過氣來。

護士看著她一口氣喝完了，才又慢慢的出去。璧頽然的兩手捧著胸口臥了下寸，似哭似笑的說：「天呵！好酸！」

她以後不再胡說了，無病喫藥是怎樣難堪的事。大家談起，都快意，拍手笑說：「她得到刑罰了！」

愛斯基摩人

沙穰的小朋友替我上的「愛斯基摩人」（Eskimo）的徽號，是我所喜愛的，覺得比以前的別種稱呼都有趣！

愛斯基摩人是北美森林中的蠻族。黑髮披衷，以雪爲屋。過的是冰天雪地的漁獵生涯。我那能像他們那樣的勇敢？

只因去冬風雪無阻的林中遊戲行走。林下冰湖，正是沙穰村中小朋友的溜冰處。我經過，雖然我們屢次相逢，卻沒有說話。我只覺得他們往往的停了遊走，注視著我，互相耳語。

以後醫生的甥女告訴我，沙穰的孩子傳說林中來了一個愛斯基摩人。問他們是怎樣說法，他們以黑髮披衷爲證。醫生告訴他們說不是愛斯基摩人，是院中一個養病的人，他們才不再驚說了。

假如我是眞的愛斯基摩人呢？我的思想至少要簡單了好些，這是第一件可羨的事。曾看過一本書上說：「近代人五分鐘的思想，夠原始人或野蠻人想一年的。」

人類在生理上，五十萬年來沒有進步。而勞心勞力的事，一年一年的增加。這是疾病的源泉，人生的不幸！

我願終身在森林之中，我足踏枯枝、我靜聽樹葉微語。清風從林外吹來，帶著松枝的香氣。白茫茫的雪中，除我外沒有行人。我所見所聞，不出青松白雪之外，我就似可滿意了！

出院之期不遠，女伴戲對我說：「出去到了車水馬龍的波士頓街上，千萬不要驚倒。這半年的閉居，足可使妳成個癡子！」

不必說，我已自驚悚。一回到健康道上，世事已接踵而來……我們願做愛斯基摩人呢！黑髮披裘，只是外面的事！

說幾句愛海的孩氣的話

白髮的老醫生對我說：「可喜妳已大好了。城市與妳不宜，今夏海濱之行，也是取消了為妙。」

這句話如同平地起了一個焦雷！

學問未必都在書本上。紐約、康橋、芝加哥這些人煙稠密的地方，終身不去也沒有什麼。只是說不許我到海邊去，這卻太使我傷心了。

我抬頭張目的說：「不，您沒有阻止我到海邊去的意思！」

他笑說：「是的，我不願意妳到海邊去，太潮溼了，於妳新癒的身體沒有好處。」

我們爭執了半點鐘，至終他說：「那麼妳去一個禮拜罷！」他又笑說：「其實秋後的湖上，也夠妳玩的了！」

我愛「慰冰」，無非也是海的關係。若完全的叫湖光代替了海色，我似乎不大甘心。

可憐，沙穰的六個多月，除了小小的流泉外，連「慰冰」都看不見！山也是可愛的，但和海比，的確比不起，我有我的理由！

人常常說：「海闊天空。」只有在海上的時候，纔覺得天空闊遠到了盡量處。在山上的時候，走到巖壁中間，有時只見一線天光。即或是到了山頂，而因著天末是山，天與地的界線便起伏不平，不如水平線的齊整。

海是藍色、灰色的。山是黃色、綠色的。拿顏色來比，山也比海不過。藍色、灰色含著莊嚴淡遠的意味，黃色、綠色卻未免淺顯小方一些。固然我們常以黃色為至尊，皇帝的龍袍是黃色的，但皇帝稱為「天子」，天比皇帝還尊貴，而天卻是藍色的。

海是動的，山是靜的。海是活潑的，山是呆板的。晝長人靜的時候，天氣又熱，凝神望著青山，一片黑鬱鬱的連綿不動，如同病牛一般。而海呢，你看她沒有一刻靜止！從天邊微波粼粼的直捲到岸邊，觸著崖石，更欣然的濺躍了起來，開了燦然萬朵的銀花！

四圍是大海，與四圍是亂山，兩者相較，是如何滋味，看古詩便可知道。比如說海上山上看月出，古詩說：「南山塞天地，日月石上生。」細細咀嚼，這兩句形容亂山，形容得極好，而光景何等臃腫、崎嶇、僵冷？讀了不使人生快感。而「海上生明月，天涯共此時」也是月出，光景卻何等嫵媚、遙遠、璀璨！

原也是的，海上沒有紅、白、紫、黃的野花，沒有藍雀、紅襟等等美麗的小鳥。然而野花到秋冬之間，便都萎謝，反予人以凋落的淒涼。海上的朝霞、晚霞，

天上水裏反映到不止紅、白、紫、黃這幾個顏色。這一片花，卻是四時不斷的。說到飛鳥、藍雀、紅襟自然也可愛。而海上的沙鷗、白胸翠羽，輕盈的飄浮在浪花之上。「凌波微步，羅襪生塵。」看見藍雀、紅襟，只使我聯憶到「山禽自喚名」。而見海鷗，卻使我聯憶到千古頌讚美人，頌讚到絕頂的句子，是「婉若游龍，翩若驚鴻！」

在海上又使人有透視的能力，這句話天然是眞的！你倚欄俯視，你不由自主的要想起這萬頃碧琉璃之下，有什麼明珠、什麼珊瑚、什麼龍女、什麼鮫紗，在山上呢，很少使人想到山石黃泉以下，有什麼金銀銅鐵。因爲海水透明，天然的有引人們思想往深裏去的趨向。

簡直越說越沒有完了，總而言之，統而言之，我以爲海比山強得多，說句極端的話，假如我犯了天條，賜我自殺，我也願投海，不願墜崖！

爭論眞有意思！我對於山和海的品評，小朋友們愈和我辯駁愈好。「人心之不同，各如其面。」這樣世界上才有個不同和變換。假如世界上的人都是一樣的臉，我必不願見。假如天下都是一樣的嗜好，穿衣服的顏色式樣都是一般的，則世界成了一個大學校，男女老幼都穿一樣的制服。想至此不但好笑，而且無味！再一一說，如大家都愛海呢！大家都搬到海上去，我又不得清靜了！

他們說我幸運

山做了圍牆，草場成了庭院，這一帶山林是我遊戲的地方。早晨朝露還顆顆閃爍的時候，我就出去奔走，鞋襪往往都被露水淋溼了。黃昏睡起，短裙捲袖，微風吹衣，晚霞中我又遊雲似的在山路上徘徊。

固然的，如詞中所說：「落日解鞍芳草岸，花無人戴，酒無人勸，醉也無人管！」不是什麼好滋味。而「無人管」的情景，有時卻眞難得。你要以山中躑躅的態度，移在別處，可就不行。在學校中、在城市裏，是不容你有行雲流水的神意的。只因管你的人太多了！

我們樓後的兒童院，那天早晨我去參觀了。正值院裏的小朋友們在上課，有的在默寫生字，有的在做算學。大家都有點事牽住精神，而忙中偷閒，還暗地傳遞小紙條，偷說偷玩。小手小腳，沒有安靜的時候。這些孩子我都認得，只因他們在上

課，我只在後面悄悄地坐著，不敢和他們談話。

不見黑板六個月了，這倒不覺怎樣。只是看見教員桌上那個又大又圓的地球儀，滿屋裏矮小的桌子、椅子，字跡很大的捲角的書，攸時將我喚回到十五年前去。而黑板上寫著的：

$$\begin{array}{r} 35 \\ -15 \\ \hline \end{array} \qquad \begin{array}{r} 21 \\ +10 \\ \hline \end{array} \qquad \begin{array}{r} 18 \\ -\ 9 \\ \hline \end{array} \qquad \begin{array}{r} 64 \\ \times 69 \\ \hline \end{array}$$

方程式，以及站在黑板前扶頭思索，將粉筆在手掌上亂畫的小朋友，我看著更覺得有一種說不出的悵惘。窗外日影徐移，雖不是我在上課，而我呆呆的看著壁上的大鐘，竟有急盼放學的意思。

放學了，我正和教員談話，小朋友們圍攏來將我拉開了。保羅笑問我說：「妳們那樓裏也有功課麼？」我說：「沒有，我們天天只是玩！」彼得笑歎道：「妳眞是幸運！」

他們也是休養著，卻每天仍有四點鐘的功課。我出遊的工夫，只在一定的時間裏，纔能見著他們。

喚起我十五年前的事，慚愧！「三七二十一，四七二十八」的背乘數表等等，我已算熬過去，打過這一關來了！而回想半年前，厚而大的筆記本、滿屋滿架的參考書、教授們流水般的口講，……如今病好了，這生活還必須去過，又是憮然。這生活還必須去過。不但人管，我也自管。「哀莫大於心死」，被人管的時候，傳遞小紙條、偷說、偷玩等事，還有工夫做。而自管的時候，這種動機竟絕然沒有。十幾年的訓練，使人絕對的被書本征服了！

小朋友，「幸運」這兩字又豈易言？

機器與人類幸福

小朋友一定知道機器的用處和好處，就是省人力，能在很短的時間內做很重大的工作。

在山中閒居，沒有看見別的機器的機會。而山右附近的農園中的機器，已足使我讚歎。

他們用機器耕地，用機器撒種。以至於刈割等等，都是機器一手經理。那天我

特地走到山前去，望見農人坐在汽機上，開足機力，在田地上突突爬走。很堅實的地土，汽機過處；都水浪似的，分開兩邊。不到半點鐘工夫，很寬闊的一片地，都已耕鬆了。

農人從衣袋裏掏出錶來一看，便緩緩的捩轉汽機，回到園裏去。我也自轉身，不知為何，竟然微笑。農人運用大機器，而小機器的錶，又指揮了農人。我覺得很滑稽！

我小的時候，家園牆外，一望都是麥地。耕種收割的事，是最熟見不過的了。農夫農婦，汗流浹背的蹲在田裏，一鋤一鋤的掘，一鐮刀一鐮刀的割。我在旁邊看著，往往替他們喫力，又覺得遲緩的可憐！

兩下裏比起來，我確信機器是增進人類幸福的工具。但昨天我對於此事又有點懷疑。

昨天一下午，樓上樓下幾十個病人都沒有睡好！休息的時間內，山前耕地的汽機，軋軋的聲滿天地。酷暑的簷下。蒸爐一般熱的床上，聽著這單調而枯燥，振耳欲聾的鐵器聲，連續不斷，腦筋完全跟著他顛簸了。焦躁加上震動，真使人有瘋狂的傾向！

樓上下一片喃喃怨望聲，卻無法使這機器止住。結果我自己頭痛欲裂。樓下那幾個日夜發燒到一百零三、一百零四度的女孩子，我眞替她們可憐。更不知她們煩惱到什麼地步！農人所節省的一天、半天的工夫，和這幾十個病人，這半日精神上所受的痛苦和損失，比較起來，相差遠了！機器又似乎未必能增益人類的幸福。

想起幼年，我的書齋，只和麥地隔一道牆。假如那時的農人也用機器，簡直我的書不用念了！

這聲音直到黃昏纔止息。我因頭痛，要出去走走，順便也去看看那害我半日不得休息的汽機——走到田邊，看見三四個農人正站著躊躇，手臂都叉在腰上，搖頭歎息，原來機器壞了！這座東西笨重得很，十個人也休想搬得動。只得明天再開一座汽機來拉他。

我一笑就回來了——

鳥獸不可與同群

女伴都笑茀玲是個傻子。而她並沒有傻子的頭腦，她的話有的我很喜歡。她說：「和人談話眞拘束，不如同小鳥、小貓去談。他們不擾亂妳，而且溫柔靜默的聽妳說。」

我常常看見她坐在櫻花下，對著小鳥，自說自笑。有時坐在廊上，撫著小貓，半天不動。這種行徑，我並不覺得討厭。也許就是因此，女伴纔贈她以傻子的徽號，也未可知。

和人談話未必眞拘束，但如同生人、大人先生等等，正襟危坐的談起來，卻眞不能說是樂事。十年來正襟危坐談話的時候，一天比一天的多。我雖也做慣了，但偶有機會，我仍想釋放我自己；這半年我就也常常做傻子了！

第一樂事，就是拔草餵馬。看著這龐然大物，溫馴的磨動他的鬆軟的大口，和齊整的大牙，在你手中喫嚼青草的時候，你覺得他有說不盡的嫵媚。

每日山後牛棚，拉著滿車的牛乳罐的那匹斑白大馬，我每日餵他。乳車停住了，駕車人往廚房裏搬運牛乳，我便慢慢的過去。在我跪伏在櫻花底下，拔那十樣錦的葉子的時候，他便側轉那狹長而良善的臉來看我，表示他的歡迎與等待。我們漸漸熟識了。遠遠的看見我，他便抬起頭來。我相信我離開之後，他雖不會說話，他必每日的懷念我。

還有就是小狗了。那隻棕色的，在和我生分的時候，曾經嚇過我。那一天雪中遊山，出其不意在山頂遇見他。他追著我狂吠不止，我嚇得走不動。他看我嚇怔了，纔住了吠，得了勝利似的，垂尾下山而去。我看他走了，一口氣跑了回來。三夜沒有睡好，心脈每分鐘跳到一百十五下。

女伴告訴我，他是最可愛的狗，從來不咬人的。以後再遇見他，我先呼喚他的名字，他竟搖尾走了過來。自後每次我遊山，他總是前前後後的跟著走。山林中雪深的時候，光景很冷靜。他總算助了我不少的膽子。

此外還有一隻小黑狗，尤其跳盪可愛。一隻小白狗，也很馴良。

我從來不十分愛貓，因為小貓很帶狡猾的樣子，又喜歡抓人。醫院中有一隻小黑貓；在我進院的第二天早起剛開了門，她已從門隙鑽進來，一躍到我床上，悄悄

的便伏在我的懷前，眼睛慢慢的閉上，很安穩的便要睡著。我最怕小貓睡時呼吸的聲音！我想推她，又怕她抓我。那幾天我心裏又難過。因此愈加焦躁。幸而護士不久便進來！我皺眉叫她抱出這小貓去。

以後我漸漸的也愛她了。她並不抓人。當她仰臥在草地上，用前面兩隻小爪，撥弄著玫瑰花葉，自驚自跳的時候，我覺得她充滿了活潑和歡悅。

小鳥是怎樣的玲瓏嬌小呵！在北京城裏，我只看見老鴉和麻雀。有時也看見啄木鳥。在此卻是雪未化盡，鳥兒已成羣的來了。最先的便是青鳥。西方人以青鳥為快樂的象徵，我看最恰當不過。因為青鳥的鳴聲中，婉轉的報著春的消息。

知更雀的紅胸，在雪地上、草地上站著，都極其鮮明。小蜂雀更小到無可苗條。從花梢飛過的時候，竟要比花還小。我在山亭中有時抬頭瞥見，只屏息靜立，連眼珠都不敢動。我似乎恐怕將這弱不禁風的小仙子驚走了。

此外還有許多毛羽鮮麗的小鳥，我因找不出他們的中國名字，只得闕疑。早起朝日未出，已滿山滿谷的起了輕美的歌聲。在朦朧的曉風之中，欹枕傾聽，使人心魂俱靜。春是鳥的世界，「以鳥鳴春」和「春眠不覺曉，處處聞啼鳥」。這兩句

話，我如今澈底的領略過了！

我們幕天席地的生涯之中，和小鳥最相親愛。玫瑰和丁香叢中更有青鳥和知更雀的巢。那巢都是築得極低，一伸手便可觸到。我常常去探望小鳥的家庭，而我卻從不做偷卵捉雛等等，破壞他們家庭幸福的事。

我想到我自己不過是暫時離家，我的母親和父親已這樣的牽掛。假如我被人捉去，關在籠裏，永遠不得回來呢，我的父親母親豈不心碎？我愛自己，也愛雛鳥，我愛我的雙親，我也愛雛鳥的雙親！

而且是怎樣有趣的事，你看小鳥破殼出來，很黃的小口，毛羽也很稀疏，覺得很醜。他們又極其貪喫，終日張口在巢啾啾的叫，累得他母親飛去飛回的忙碌。漸漸的長大了，他母親領他們飛到地上。他們的毛羽很蓬鬆，兩隻小腿蹣跚的走，看去比他們的母親還肥大。他們很傻的樣子，茫然的只跟著母親亂跳。母親偶然啄得了一條小蟲，他們便紛然的過去，啾啾的爭著喫。

早起，母親教他們歌唱，母親的聲音極婉轉；他們的聲音，卻很憨澀。這幾天來，他們已完全的會飛了、會唱了，也知道自己覓食，不再累他們的母親了。前天

我去探望他們時，這些雛鳥已不在巢裏，他們已築起新的巢了，在離他們的父母的巢不遠的枝上，他們常常來看他們的父母的。

還有蟲兒也是可愛的。藕合色的小蝴蝶、背著圓殼的小蝸牛、嗡嗡的蜜蜂，甚至於水裏每夜亂唱的青蛙、在花叢中閃爍的螢蟲；都是極溫柔、極其孩氣的。你若愛他，他也愛你們，因爲他們都喜愛小孩子。大人們太忙，沒有工夫和他們玩。

關於．冰心

冰心（一九〇〇～一九九九）原名謝婉瑩，福建長樂人，一九〇〇年十月五日出生於福州一個具有愛國、維新思想的海軍軍官家庭，她父親謝葆璋參加了甲午海戰，抗擊過日本侵略軍，後在煙台創辦海軍學校並出任校長。冰心出生後只有七個月，便隨全家遷至上海，四歲時遷往山東煙台，此後很長時間便生活在煙台的大海邊。大海陶冶了她的性情，開闊了她的心胸；而父親的愛國之心和強國之志也深深影響著她幼小的心靈。

曾經在一個夏天的黃昏，冰心隨父親在海邊散步，在沙灘，面對海面夕陽下的滿天紅霞，冰心要父親談談煙台的海，這時，父親告訴小女兒：中國北方海岸好看的港灣多的是，比如威海衛、大連、青島，都是很美的，但都被外國人佔領了，「都不是我們中國人的」，「只有煙台是我們的！」父親的話，深深地印在幼小冰

心的心靈。

在煙台，冰心開始讀書，家塾啓蒙學習期間，已接觸中國古典文學名著，七歲即讀過《三國演義》、《水滸》等。與此同時，還讀了商務印書館出版的「說部叢書」，其中就有英國著名作家迭更斯的《塊肉餘生記》等十九世紀批判現實主義的作品，在讀《塊肉餘生記》時，當可憐的大衛，從虐待他的店主出走，去投奔他的姨婆，旅途中飢餓交迫的時候，冰心一邊流淚，一邊扮著手裡母親給她當點心的小麵包，一塊一塊地往嘴裡塞，以證明並體會自己是幸福的！

辛亥革命後，冰心隨父親回到福州，住在南後街楊橋巷口萬興桶石店後一座大院裡。這裡住著祖父的一個大家庭，屋裡的柱子上有許多的楹聯，都是惑心的伯叔父們寫下的。這幢房子原是黃花崗七十二烈士之一的林覺民家的住宅，林氏出事後，林家怕受誅連，賣去房屋，避居鄉下，買下這幢房屋的人，便是冰心的祖父謝鑾恩老先生。在這裡，冰心於一九一二年考入福州女子師範學校預科，成爲謝家第一個正式進學堂讀書的女孩子。

一九一三年父親謝葆璋去北京國民政府出任海軍部軍學司長，冰心隨父遷居北京，住在鐵獅子胡同中剪子巷，次年入貝滿女中，一九一八年升入協和女子大學理預科，嚮往成爲一名救死扶傷的醫生。

「五四」運動的爆發和新文化運動的興起，使冰心把自己的命運和民族的挰興緊密地聯繫在一起。她全身心地投入時代潮流，被推選爲大學學生會文書，並因此參加北京女學界聯合會宣傳股的工作。在愛國學生運動的激蕩之下，她於一九一九年八月的《晨報》上，發表第一篇散文《二十一日聽審的感想》和第一篇小說《兩個家庭》。後者第一次使用了「冰心」這個筆名。由於作品直接涉及到重大的社會問題，很快發生影響。

冰心說，是五四運動的一聲驚雷，將她「震」上了寫作的道路。之後所寫的《斯人獨憔悴》《去國》《秋風秋雨愁煞人》等「問題小說」，突出反映了封建家庭對人性的摧殘、面對新世界兩代人的激烈衝突以及軍閥混戰給人民帶來的苦痛。其時，協和女子大學併入燕京大學，冰心以一個青年學生的身份加入了當時著名的文學研究會。她的創作在「爲人生」的旗幟下源源流出，發表了引起評論界重視的小說《超人》，引起社會文壇反響的小詩《繁星》《春水》，並由此推動了新詩初

期「小詩」寫作的潮流。

一九二三年，冰心以優異的成績取得美國威爾斯利女子大學的獎學金。出國留學前後，開始陸續發表總名爲《寄小讀者》的通訊散文，成爲中國兒童文學的奠基之作，二十歲出頭的冰心，已經名滿中國文壇。

在去美國的傑克遜總統號郵輪上，冰心與吳文藻相識。冰心在波士頓的威爾斯利女子大學研究院攻讀文學學位，吳文藻在達特默思學院攻讀社會學，他們從相互的通信中，逐漸加深了解，一九二五年夏天，冰心和吳文藻不約而同到康乃爾大學補習法語，美麗的校園，幽靜的環境，他們相愛了。一九二六年冰心獲得文學碩士學位回國，吳文藻則繼續留在美國的哥倫比亞大學攻讀社會學的博士學位。冰心回國後，先後在燕京大學、北平女於文理學院和清華大學國文系任教。

一九二九年六月十五日，冰心與學成歸國的吳文藻在燕京大學臨湖軒舉行婚禮，司徒雷登主持了他們的婚禮。

成家後的冰心，仍然創作不輟，作品盡情地讚美母愛、童心、大自然，同時還反映了對社會不平等現象和不同階層生活的細緻觀察，純情、雋永的筆致也透露著微諷。小說的代表性作品有一九三一年的《分》和一九三三年的《冬兒姑娘》，散文優秀作品是一九三一年的《南歸——獻給母親的在天之靈》等。

一九三二年，《冰心全集》分三卷本（小說、散文、詩歌各一卷），由北新書局出版，這是中國現代文學中的第一部作家的全集。

一九三六年，冰心隨丈夫吳文藻到歐美遊學一年，他們先後在日本、美國、法國、英國、意大利、德國、蘇聯等地進行了廣泛的訪問，在英國，冰心與意識流現代派小說創作的先鋒作家吳爾夫進行了交談，他們一邊喝著下午茶，一邊談論著文學與中國的話題。

一九三八年吳文藻、冰心夫婦攜子女於抗戰烽火中離開北平，經上海、香港輾轉至大後方雲南昆明。冰心曾到呈貢簡易師範學校義務授課，與全民族共同經歷了戰爭帶來的困苦和艱難，一九四〇年移居重慶，出任國民參政會參政員。不久參加中華文藝界抗敵協會，熱心從事文化救亡活動，還寫了《關於女人》《再寄小讀者》等有影響的散文篇章。

抗戰勝利後，一九四六年十一月她隨丈夫、社會學家吳文藻赴日本，曾在日本

東方學會和東京大學文學部講演，後被東京大學聘爲第一位外籍女教授，講授「中國新文學」課程。

一九五一年吳文藻、冰心夫婦回到了大陸，從此定居北京。周恩來親切接見了吳文藻、冰心夫婦，並對他們的愛國行動表示肯定和慰勉。這期間，她先後出訪過印度、緬甸、瑞士、日本、埃及、羅馬、英國、蘇聯等國家，在世界各國人民中間傳播友誼。同時她發表大量作品。

她說「我們這裡沒有冬天」，「我們把春天吵醒了」。她勤於翻譯，出版了多種譯作。她所創作的大量散文和小說，結集爲《小桔燈》《櫻花贊》《拾穗小扎》等，皆膾炙人口，廣爲流傳。

文化大革命開始後，冰心受到衝擊，家被抄了，進了「牛棚」，在烈日之下，接受造反派的批鬥。一九七〇年初，年屆七十的冰心，下放到湖北咸寧的五七幹校，接受勞動改造，直到一九七一年美國總統尼克森即將訪華，冰心與吳文藻才回到北京，接受黨和政府交給的有關翻譯任務。

這時，她與吳文藻、費孝通等人，通力全作完成了《世界史綱》《世界史》等著作的翻譯。在這段國家經濟建設和政治生活極不正常的情況下，冰心也和她的人民一樣，陷入困頓和思索之中。

中國共產黨十一屆三中全會之後，冰心迎來了奇蹟般的生平第二次創作高潮。她不知老之將至，始終保持不斷思索，永遠進取，無私奉獻的高尚品質，一九八〇年六月，冰心先患腦血栓，後骨折。病痛不能令她放下手中的筆。

她說「生命從八十歲開始」，當年她發表的短篇小說《空巢》，獲全國優秀短篇小說獎。接著又創作了《萬般皆上品……》《遠來的和尚》等佳作。散文方面，除《三寄小讀者》外，連續創作了四組系列文章，即《想到就寫》《我的自傳》《關於男人》《伏櫪雜記》。其數量之多，內容之豐富，創作風格之獨特，都使得她的文學成就達到了一個新的境界，出現了一個壯麗的晚年景觀。

年近九旬時發表的《我請求》、《我感謝》、《給一個讀者的信》，她先後爲家鄉的小學、全國的希望工程、中國農村婦女教育與發展基金和安徽等災區人民捐出稿費十餘萬元。她熱烈響應巴金建立中國現代文學館的倡議，捐出自己珍藏的大量書籍、手稿、字畫，帶頭成立了「冰心文庫」。

冰心是世紀同齡人，一生都伴隨著世紀風雲變幻，一直跟上時代的腳步，堅持寫作了七十五年。她是新文學運動的元老。她的寫作歷程，顯示了從「五四」文學革命到新時期文學的中國現、當代文學發展的偉大軌跡。她開創了多種「冰心體」的文學樣式，進行了文學現代化的紮紮實實的實踐。

她是我國第一代兒童文學作家，是著名的中國現代小說家、散文家、詩人、翻譯家。她的譯作如黎巴嫩凱羅·紀伯倫的《先知》《沙與沫》，印度泰戈爾的《吉檀迦利》《園丁集》及戲劇集多種，都是公認的文學翻譯精品，一九九五年曾因此經黎巴嫩共和國總統簽署授予國家級雪松勳章。她的文學影響超越國界，作品被翻譯成各國文字，得到海內外讀者的讚賞。

一九九二年十二月二十四日，全國性的社會學術團體冰心研究會在福州成立，著名作家巴金出任會長，此後開展了一系列的研究和活動。爲了宣傳冰心的文學成就和文學精神，由冰心研究會常務理事會提議，經中共福建省委和省政府批准，在福建省文聯的直接領導下，在冰心的故鄉長樂建立冰心文學館。內設大型的《冰心生平與創作展覽》，冰心研究中心，會議廳，會客廳等，佔地面積十三畝，建設面積四千五百平方米，一九九七年八月二十五日正式落成開館。

一九九九年二月二十八日晚上九點冰心在北京醫院逝世，享年九十九歲。在她報病胡錦濤（同時代表江澤民）、李嵐清和中央各部門的領導、有中國作家協會的領導和作家代表。

一九九九年三月十九日，在北京八寶山公墓第一告別室，人們以獨特的方式送別冰心。這裡沒有往日的肅殺，沒有黑紗，沒有白花，充溢著靈堂四周的，是大海一般的蔚藍和玫瑰一般的鮮紅。告別室的門前，大紅橫幅上寫著「送別冰心」四個醒目的大字，靈堂內擺滿了鮮花和花籃，冰心老人安臥在鮮花叢中，花叢前是冰心生前共同為中國文學事業奮鬥的好朋友、中國作協主席巴金的花籃和家屬們精心編織的大花籃。冰心生前最喜愛紅玫瑰。

她在一個世紀的生涯裡，始終如一地將玫瑰一般的愛獻給祖國、獻給人民，獻給這個美好的世界。於是，熱愛冰心的人們從昆明、從廣州空運來了二千餘枝最鮮的紅玫瑰，以玫瑰的方式向冰心做最後的告別。

冰心去世之後，唁電如雪片一般飛來，表示哀悼的，既有文學界的老前輩、也

有充滿童心的小讀者，有中國的也有外國的朋友，此時，靈堂外排著長長的隊伍前來向冰心作最後送別的，他們中有的是專程從外地趕來送別冰心的，前來送別的多達數千人。

正在參加中國作協第五屆第四次全國委員會議和中國文聯第六屆第四次全國委員會議的作家、藝術家們，也來向冰心老人告別。福建省副省長潘心城等，代表家鄉人民向冰心送別。向冰心送別的每一個人手裡拿著一枝紅玫瑰，向冰心老人三鞠躬，然後輕輕地將紅玫瑰擱在冰心老人的身邊，漸漸地冰心在一片紅玫瑰的海洋中升騰、昇華……

〈全書終〉

國家圖書館出版品預行編目資料

寄小讀者／冰心 著 初版，新北市，
新視野 New Vision，2022.01
面； 公分 --
ISBN 978-986-06503-4-1（平裝）

855 110018068

寄小讀者
冰心 著

主 編 林郁
出 版 新視野 New Vision
製 作 新潮社文化事業有限公司
電話 02-8666-5711
傳真 02-8666-5833
E-mail：service@xcsbook.com.tw

印前作業 東豪印刷事業有限公司
印刷作業 福霖印刷有限公司

總 經 銷 聯合發行股份有限公司
新北市新店區寶橋路 235 巷 6 弄 6 號 2F
電話 02-2917-8022
傳真 02-2915-6275

初 版 2022 年 元 月